CASA VELHA & O ALIENISTA

CASA VELHA & O ALIENISTA

MACHADO DE ASSIS

MARTIN CLARET

CASA VELHA

Casa Velha: Resgate de um Drama Folhetinesco

Jean Pierre Chauvin[1]

A novela *Casa Velha* foi publicada originalmente sob a forma de folhetim em volumes sequenciais do jornal *A Estação*,[2] veiculados no Rio de Janeiro entre janeiro de 1885 e fevereiro de 1886. Fatiada em vinte e cinco episódios,[3] durante décadas essa narrativa ficou em segundo plano (restrita a arquivos fragmentados), praticamente desconhecida até que a biógrafa e pesquisadora Lúcia Miguel Pereira a publicasse como obra autônoma em

---

[1] Professor Livre-Docente da Escola de Comunicações e Artes, USP, onde pesquisa e leciona Cultura e Literatura Brasileira (Colônia / Império / República). Autor de "*O Alienista*": *a teoria dos contrastes em Machado de Assis* (São Paulo: Reis, 2005); *O poder pelo avesso na literatura brasileira: Manuel Antônio de Almeida, Machado de Assis e Lima Barreto* (São Paulo: Annablume, 2013); preparador da edição de *Quincas Borba* (Cotia: Ateliê Editorial, 2016); organizador da coletânea *Machado de Assis: contos essenciais* (São Paulo: Martin Claret, 2019).

[2] De acordo com Ivan Teixeira: "*A Estação* foi fundada em 1872 por Henri Gustave Lombaerts (1945-1897) com o nome de *La Saison — Jornal de Modas Parisienses*. Abaixo do título, na primeira página, vinha a informação de que era 'Dedicado às Senhoras Brasileiras'. Publicava-se no dia 15 e no dia 30 de cada mês. Em seus primeiros oito anos, o jornal limitava-se a traduzir matérias alemãs e francesas. Em 15 de janeiro de 1879, foi criada uma 'Parte Literária', redigida no Brasil. A partir daí, o periódico passou a se chamar *A Estação — Jornal Ilustrado para a Família*. Circulou normalmente até 1904. (*O altar & o trono: dinâmica do poder em "O Alienista"*. Cotia: Ateliê Editorial; Campinas: Editora Unicamp, 2010, p. 48).

[3] Cf. John Gledson. "Casa Velha". In: *Machado de Assis: ficção e história*. Trad. Sônia Coutinho. Rio de Janeiro: Paz e Terra, 1986, p. 26.

livro, no ano de 1944[4] — advertindo os leitores que "O texto" era "exatamente o primitivo, tendo sido feitas apenas correções ortográficas".[5]

Determinados aspectos do enredo dialogam com numerosas tramas romanescas legadas por Machado de Assis. Vamos a eles. O narrador em terceira pessoa transcreve o relato de um "velho cônego da Capela Imperial". Embora publicada na década de 1880, a história se passa no final dos anos de 1830, na transição entre o Primeiro Reinado para o Segundo Império. O padre objetivava "escrever uma obra política, a história do reinado de D. Pedro I". Por intermédio do seu colega de batina, o reverendo Mascarenhas,[6] o cônego consegue autorização de Dona Antônia, viúva de um "ministro de Estado" e atual proprietária da residência ("Casa Velha"), para consultar os fartos documentos encontrados no imóvel.

Com o passar dos dias, a frequentar a residência e criando maior intimidade com os moradores, a investigação do cônego passa a rivalizar com os sentimentos que nutre por Lalau[7] — jovem que vive na casa como

---

[4] Recorro à segunda edição de Machado de Assis. *Casa Velha*. São Paulo: Martins, 1968.

[5] Lúcia Miguel Pereira. "Prefácio". In: Machado de Assis. *Casa Velha*. São Paulo: Martins, 1968, p. 28.

[6] "A casa, que tinha capela para uso da família e dos moradores próximos, tinha também um padre contratado para dizer missa aos domingos, e confessar pela quaresma: era o Rev. Mascarenhas" (*Casa Velha*, op. cit., 1968, p. 34).

[7] "Já se terá entendido a realidade. Também eu amava a menina. Como era padre, e nada me fazia pensar em semelhante coisa, o amor insinuou-se-me no coração à maneira das cobras, e só lhe senti a presença pela dentada do ciúme. A confissão dele não me fez mal; a dela é que me doeu e me descobriu a mim mesmo" (*Casa Velha*, op. cit., 1968, p. 91).

agregada, sob a proteção de Dona Antônia. Simultaneamente, Félix, o filho da viúva, declara que Lalau correspondia ao seu afeto por ela.[8] Eis o núcleo do drama: contrária ao casamento entre Félix e Lalau, a mãe do rapaz cria, dissemina e defende uma falsa narrativa, na qual sugeria que os jovens não poderiam se unir matrimonialmente devido ao "fato" de serem irmãos:

> — Vou ao trabalho.
>
> D. Antônia hesitou um pouco; depois, resoluta:
>
> — Ouça-me!
>
> Respondi que estava às suas ordens, e esperei.
>
> D. Antônia passou a mão pelos olhos, sacudiu a cabeça, e perguntou-me se não suspeitava alguma causa absoluta de impedimento entre o filho e Lalau.
>
> — Causa absoluta?
>
> — Sim, murmurou ela, a medo, baixando e erguendo os cílios como envergonhada.[9]

Nota-se que Dona Antônia combina os recursos discursivos aos não-verbais. O leitor fica em dúvida se a sua hesitação ou resolução seriam autênticas. Quase o mesmo poderíamos afirmar sobre o modo imperioso (ou desesperado?) com que ela se dirige ao padre ("Ouça-me!"). A sequência de pequenos gestos (passar

---

[8] "Não me foi difícil averiguar que o Félix amava a pequena. Logo nos primeiros dias pareceu-me outro, mais prazenteiro, e, à mesa ou fora dela, pude apanhar alguns olhares, que diziam muito. Observei também que essa moça, tão criança, era inteiramente mulher, quando os olhos dela encontravam os dele [...]". (*Casa Velha*, 1968, p. 68).

[9] *Casa Velha*, op. cit., 1968, p. 128.

"a mão pelos olhos" e sacudir "a cabeça") reforça a hipótese de que ela encenava habilmente uma aparente confissão, submetida com extrema dificuldade, ao jugo do interlocutor. A combinação da horripilante fórmula ("Causa absoluta") aos trejeitos de mulher fingidamente "envergonhada" são fortes indícios de que se trata de uma criatura calculista, preconceituosa e egoísta.

Antes de recorrer à simulação, ela invocara argumentos de ordem pragmática, com vistas a persuadir o cônego da distância social que separava o casal:

> — Realmente, não sei que ideias entraram aqui depois de 31. São ainda lembranças do padre Feijó. Parece mesmo achaque de padres. Quer ouvir por que razão não podem casar? Porque não podem. Não lhe nego nada a respeito dela; é muito boa menina, dei-lhe a educação que pude, não sei se mais do que convinha, mas, enfim, está criada e pronta para fazer a felicidade de algum homem. Que mais há de ser? Nós não vivemos no mundo da lua, Reverendíssima. Meu filho é meu filho, e, além desta razão, que é forte, precisa de alguma aliança de família.[10]

Somente às páginas finais, a verdade vem à tona. A trapaça fora descoberta justamente pelo cônego, que herdara o posto de narrador às primeiras linhas da novela. Mas, era tarde: a exemplo de outras heroínas machadianas, a virtuosa Lalau recusa a se casar com o

---

[10] *Casa Velha*, op. cit., 1968, p. 100.

rapaz,[11] tendo em vista honrar a memória de sua mãe, que de fato tivera um relacionamento passageiro com o pai de Félix. Embora infeliz, o jovem resigna-se com a decisão de Lalau e toma outro rumo. Esse desfecho, até certo ponto surpreendente, permite afirmar que o enredo e a maneira como a novela foi arquitetada lembram os romances machadianos em que o elemento trágico — a balouçar entre o amor-tabu, o ciúme, a convenção social, o autoritarismo dos grandes proprietários e o caráter das heroínas — também impede a união dos jovens enamorados.

Talvez por esse motivo, ao apresentar a novela Lúcia Miguel Pereira sugerisse que o enredo de *Casa Velha* pertenceria à "fase romântica" de Machado, supostamente escrita antes de sua veiculação na imprensa, dada a caracterização das personagens, bem como a condução e o desenlace dessa historieta de amor. Porém, para além de classificar *Casa Velha* como obra de matriz "romântica", parece-me mais produtivo examinarmos: (1) o modo como Machado pintou as personagens; (2) a maneira como o narrador descreveu o ambiente em que se passam as ações das demais personagens; (3) a forma que o autor encontrou para contrapor o reino dos afetos ao mundo do cálculo, promovido por Dona Antônia.

---

[11] Há um impasse semelhante, ainda que por razão diferente, em *Ressurreição*. Em seu romance de estreia, Machado havia se proposto a contrapor os caracteres do casal Félix e Lívia, de modo a ressaltar o poder destrutivo do ciúme, que levaria ao fim do relacionamento, por iniciativa da protagonista. Lê-se na "Advertência" àquele romance: "Não quis fazer romance de costumes; tentei o esboço de uma situação e o contraste de dois caracteres [...]" (Machado de Assis. *Ressurreição*. In: _____. *Obra Completa*, vol. 1. Rio de Janeiro: Nova Aguilar, 2015, p. 233).

Sobre o primeiro item, recorremos à leitura de John Gledson, um dos primeiros estudiosos a restituir o devido valor à novela. A seu ver, "Machado descreve as ações de seus personagens em termos que são, em última instância, muito mais sociais que morais; está interessado na atuação de um grupo social, não na distribuição de culpas". Isso explicaria, segundo o crítico, o fato de o cônego estar "encerrado, acima de tudo, em seu voto de castidade, que distorce seus sentimentos mais naturais, transformando-os em ciúme, a mais machadiana das emoções".[12]

Completando seu raciocínio, o crítico sugere que Dona Antônia e o padre constituiriam "uma espécie de paródia da Sagrada Família, uma Virgem Mãe e um pai substituto que, na verdade, colaboram para o martírio e sacrificam seu único filho para salvar, não a humanidade, mas os estreitos interesses de uma classe".[13] Em que pese a demasiada atenção do pesquisador aos aspectos alegóricos e religiosos, embutidos na novela, a leitura não deixa de estimular um modo de ve compatível com os procedimentos adotados por Machado em outras narrativas em o dado moral e o social se irmanam e confundem.

O retrato da propriedade é um dado fundamental para o desenvolvimento da narrativa, bem como para a descrição das personagens, inseridas no meio social circundante:

---

[12] John Gledson. "Casa Velha". In: _____. *Machado de Assis: ficção e história.* Trad. Sônia Coutinho. Rio de Janeiro: Paz e Terra, 1986, p. 46.

[13] John Gledson, op. cit., 1986, p. 50.

> A casa, cujo lugar e direção não é preciso dizer, tinha entre o povo o nome de Casa Velha, e era-o realmente: datava dos fins do outro século. Era uma edificação sólida e vasta, gosto severo, nua de adornos. Eu, desde criança, conhecia-lhe a parte exterior, a grande. Varanda da frente, os dois portões enormes, um especial às pessoas da família e às visitas e outro destinado ao serviço, às cargas que iam e vinham, às seges, ao gado que saía a pastar. Além dessas duas entradas, havia, do lado oposto, onde ficava a capela, um caminho que dava acesso às pessoas da vizinhança, que ali iam ouvir missa aos domingos, ou rezar a ladainha aos sábados.[14]

A importância da casa é inquestionável. Seria possível sugerir que, em alguns momentos, ela assume protagonismo equiparável ao das personagens que a administram e frequentam. A relevância concedida ao espaço não pode ser desprezada, mesmo porque é para lá que convergem as ações empreendidas pelo cônego, pelo casal, pelos servos e por Dona Antônia. Ainda em relação ao cenário onde o enredo se desenvolve, cabe o alerta de Gledson:

> Não devemos cometer o erro de supor que, com o fato de Dona Antônia ser tão intimamente associada à Casa Velha, Machado considerasse matriarcal, em qualquer sentido, a família que descreve. Ele chama a própria casa de patriarcal e deixa bem claro que os deuses domésticos — os ancestrais de Dona Antônia,

---

[14] *Casa Velha*, 1968, p. 37.

do sexo masculino, e seu marido morto — são todos homens.[15]

A seu turno, Lúcia Miguel Pereira havia reparado que:

> O ambiente da casa, quase um sítio dentro da cidade, com a sua escravaria numerosa, o seu gado, a sua capela particular, é muito forte, talvez mesmo dos mais fortes do autor, pouco dado a descrição de lugares. É que aqui — o próprio título o indica — a casa, com o seu feitio senhorial revelando nos donos "ideias de solar e costumes fidalgos", tem ligações psicológicas com a gente que a habita e o drama que nela se desenrola. Se não existisse a Casa Velha, se se passasse em qualquer morada rica[,] mas sem o mesmo caráter, o romance perderia o seu sentido. Era preciso esse quadro para destacar a figura matriarcal de D. Antônia, o orgulho de linguagem e a modéstia pessoal, o culto pelo marido e a prepotência sobre os demais, a piedade religiosa e ausência de escrúpulos quando se tratava de conseguir o que lhe parecia ser o bem o interessa da família, a natural bondade e a convicção de que os sentimentos se regem pelas conveniências.[16]

É curioso observar como Dona Antônia foi interpretada de modo brando e suave. Para a biógrafa, em *Casa Velha* "todas as criaturas são puras e virtuosas; a mesma

---

[15] John Gledson. "Casa Velha", op. cit., 1986, p. 51.
[16] "Prefácio", op. cit., 1968, p. 21-22.

D. Antônia, que, com uma falsidade, tenta separar o filho da pobre Lalau, termina arrependida, querendo corrigir o mal que causara".[17] Esse viés de leitura, complacente com as personagens mais autoritárias da ficção machadiana, perdurou até recentemente — o que pode dizer algo sobre a naturalização de certas violências (praticadas no interior da família tradicional brasileira) por uma parcela expressiva da nossa crítica literária.[18] Em direção contrária, o que se percebe é que praticamente todas as cenas protagonizadas por Dona Antônia revelam como ela era ciosa, em termos de hierarquia e autoridade:

> Lalau aproximou-se de D. Antônia, que lhe compôs o cabeção do vestido; depois foi sentar-se defronte de mim, ao pé da outra hóspeda. Realmente, era uma criatura adorável, espigadinha, não mais de dezessete anos, dotada de um par de olhos, como nunca mais vi outros, claros e vivos, rindo muito por eles, quando não ria com a boca [...].[19]

Ao leitor atento, não restarão dúvidas sobre o estro patriarcal de Dona Antônia, especialmente se levar em conta a opinião que dela faz o próprio filho, ao confidenciar seus temores, sobre o inviável relacionamento com Lalau, ao cônego:

---

[17] "Prefácio". op. cit., 1968, p. 19.

[18] Algo similar se verifica na leitura benevolente que Alfredo Bosi oferece de Dona Fernanda, segundo ele, a única personagem "boa" do romance *Quincas Borba* (Cf. *Machado de Assis — o enigma do olhar*. São Paulo: Ática, 1999).

[19] *Casa Velha*, op. cit., 1968, p. 59.

— O senhor não conhece mamãe. É um coração de pomba, e gosta dela como se fosse sua filha. Mas coração é uma coisa, e cabeça é outra. Mamãe é muito orgulhosa em coisas de família. Seria capaz de velar uma semana ou duas, à cabeceira de Lalau, se a visse doente; mas não consentiria em casá-la comigo. São coisas diferentes.[20]

O episódio remete aos diálogos entre Bento Santiago e José Dias, em *Dom Casmurro*. Sintomaticamente, em várias passagens de *Casa Velha*, Dona Antônia resulta em uma figura centralizadora e autoritária. Como não vislumbrar em sua caracterização, algo da católica, mas escravocrata e autoritária Dona Glória, a mãe carola de Bentinho? O futuro Casmurro vive tão agarrado à mãe quanto Félix e, assim como o rapaz de *Casa Velha*, apaixona-se por uma adolescente de condição social inferior com que convive diariamente. A esse respeito, vejamos o que diz o cônego, a certa altura da pesquisa realizada na propriedade:

> Um dia, quando ainda o Félix estava na roça, D. Antônia foi ter comigo, com o pretexto de ver o meu trabalho, que lhe não interessava nada. Na véspera, ao jantar, disse-lhe que estimava muito ver as terras da Europa, especialmente França e Itália, e talvez ali fosse daí a meses. D. Antônia, entrando na biblioteca, logo depois de algumas palavras insignificantes, guiou a conversa para a viagem, e acabou pedindo que persuadisse o filho a ir comigo.

---

[20] *Casa Velha*, op. cit., 1968, p. 89.

Muitos intérpretes comprovaram que a ambiguidade é um dos fatores estruturais da narrativa machadiana. Em boa parte, é à oscilação de comportamento das personagens (em particular do protagonista) que se deve o êxito de *Dom Casmurro*. Bastaria lembrarmos que, no relato de Bento Santiago, tanto a história contada quanto o método como seu enunciador revive o passado são lacunares e ambivalentes. Esse fator aproxima os narradores (em primeira pessoa) da novela e do romance. Por sinal, assim como o cônego, Bento também acumulara experiência religiosa, em seu caso, como seminarista.

Duas Fases?

O levantamento da fortuna crítica machadiana revela que ainda hoje se insiste em desmembrar a sua obra em duas fases, quase antagônicas. Seria o caso de nos indagarmos por que não considerar o conjunto de sua prosa, publicada ao longo de quase quatro décadas, como amostras de experimentos ficcionais resultantes de um projeto literário maior, em que as variações diziam mais respeito aos temas e estilos adotados por seus narradores e personagens?

Essa chave de leitura pode ser profícua, frente a uma narrativa nos moldes de *Casa Velha*. Talvez a primeira providência seja examinarmos os procedimentos adotados pelo narrador da história. Conforme assinala John Gledson, o falecido pai de Félix lembra a figura do imperador,[21] o que reforça a atmosfera patriarcal da propriedade conhecida como Casa Velha. De modo análogo à trajetória de Dona Glória — "boa criatura",[22] segundo Bento Santiago — Dona Antônia, a viúva que vive no encalço das conveniências, não só herda o mandonismo do marido; é capaz de sacrificar a felicidade de Félix e Lalau em nome de um casamento arranjado do filho, nem que para isso precise mentir para o o padre. Sob esse aspecto, provoca espanto a afirmação de Lúcia Miguel Pereira de que "todas" as personagens da novela seriam fundamentalmente "boas".

Como ficou dito, o juízo soa equivocado. Repare-se que essa ressalva não se resume ao comportamento materialista e mesquinho de Dona Antônia, inflada pela soberba da classe a que pertence: o coronel Raimundo, conviva habitual da família, discursa de modo eloquente, mas virulento, sobre a Guerra dos Farrapos — o que

---

[21] "[...] qualquer leitor familiarizado com a História ou com os retratos históricos brasileiros notaria a parecença entre o Imperador e seu Ministro; o retrato de um poderia muito bem descrever os traços mais conhecidos do outro, e todos três adjetivos — arrogante, inteligente, voluptuoso — coincidem com traços bem conhecidos do caráter de Dom Pedro" (John Gledson, op. cit., 1986, p. 38).

[22] "Minha mãe era boa criatura. Quando lhe morreu o marido, Pedro de Albuquerque Santiago, contava trinta e um anos de idade, e podia voltar para Itaguaí. Não quis; preferiu ficar perto da igreja em que meu pai fora sepultado. Vendeu a fazendola e os escravos, comprou alguns que pôs ao ganho ou alugou, uma dúzia de prédios, certo número de apólices, e deixou-se estar na casa de Matacavalos, onde vivera os dois últimos anos de casada. Era filha de uma senhora mineira, descendente de outra paulista, a família Fernandes" (Machado de Assis. *Dom Casmurro*. In: _____. *Obra Completa*, vol. 1. Rio de Janeiro: Nova Aguilar, 2015, p. 912).

confirma a sua concepção conservadora[23] de mundo e o fato de que a Casa Velha era habitada e frequentada por pessoas que representam o que havia de mais tacanho na elite escravocrata brasileira. De acordo com Beatriz Berrini:

> A casa velha, onde mora a viúva D. Antônia [...] é um exemplo de rica mansão, com o seu passado de tradição, pois construída no século anterior; por isso é dita *velha*, uma vez que corporifica o passado de uma família. Distingue-se das demais, inclusive pela extensa varanda que a contorna.[24]

Para além desses elementos, cumpre observar que a narrativa oscila entre polos do poder e da sujeição. De um lado estão Dona Antônia (viúva do ex-ministro de Dom Pedro) e o Coronel Raimundo; de outro, estão os "pretos", "pajens", "moleques" que servem a casa grande, Casa Velha...

Quanto à mocinha da história, alguns dados podem ser ainda mais reveladores. Órfã de pai e mãe, Lalau foi

---

[23] Na síntese de Maria Nazaré Lins Soares, "[...] vamos encontrar na obra de ficção machadiana políticos, jornalistas, homens de letras, oradores de salão, etc., cuja mediocridade ridícula é por tal meio configurada: entre a realidade e si próprios põem de permeio este anteparo de expressões convencionais, que lhes permite tão só percorrer os caminhos já explorados por outros, protegendo-se assim contra qualquer surpresa, tanto é certo que o medíocre é por natureza conservador, mesmo quando assume atitudes de vanguarda" (*Machado de Assis e a análise da expressão*. Rio de Janeiro: INL/MEC, 1968, p. 25).

[24] Beatriz Berrini. "A casa: uma em Machado, outra em Eça". In: Ana Salles Mariano; Maria Rosa Duarte de Oliveira (orgs.). *Recortes machadianos*. 2a ed. São Paulo: Edusp; Nankin; Educ. 2008, p. 199.

criada pela tia Mafalda e favorecida financeiramente, em parte graças ao remorso de Dona Antônia — patriarca de saias que aprendeu a mandar com aparente brandura. Como se depreende da leitura, a adolescente é pouco mais que uma agregada: não fossem seus encantos e a educação prendada que recebeu, estaria em condição quase idêntica à dos criados da casa. Lúcia Miguel Pereira tendia a enxergar aspectos autobiográficos na composição das heroínas machadianas:

> Lalau, a heroína, é irmã de duas Helenas, a do livro deste nome e a do conto "Frei Simão", da Guiomar de *A mão e a luva*, da Estela de *Iaiá Garcia*, de todas as donzelas que lutaram ao mesmo tempo pelo amor e pela ascensão social; de todas as mulheres em cuja pele o romancista se meteu para discutir os próprios problemas — já resolvidos quando a novela foi publicada.[25]

Outro vértice da narrativa é ocupado pelo cônego — chamado de "Vossa Reverendíssima" por todos os outros —, em seu papel ambíguo de pesquisador da história nacional (que não conclui) e confidente das causas muito particulares de Dona Antônia, Lalau e Félix (cujos laços não consegue reforçar, tampouco conduzi-los até o altar). É emblemático que os seus projetos não concretizados traduzam a imagem de um ser ambivalente — o que se revela no modo como redige as memórias, inclusive.

Embora empreste dicção humilde ao que escreve, pretende que o seu relato supere a prosa volumosa, mas

[25] Lúcia Miguel Pereira, op. cit., 1968, p. 16.

"medíocre", de um célebre padre contemporâneo: "No mês de agosto de 1838 li as *Memórias* que outro padre, Luís Gonçalves dos Santos, o padre Perereca chamado, escreveu do tempo do rei, e foi esse livro que me meteu em brios. Achei-o seguramente medíocre, e quis mostrar que um membro da igreja brasileira podia fazer cousa melhor".[26]

Outro aspecto digno de atenção: em nenhum momento o narrador explicita ou ajuíza os retratos que ajuda a compor, a despeito do intenso convívio com a família e os hóspedes que a casa recebeu, ao longo das semanas quando lá esteve. Ao recompor suas experiências, ele exalta a própria discrição, afeta sabedoria e finge modéstia:

> Creram-me *naturalmente um sábio*, tanto mais digno de admiração, quanto que *contava apenas trinta e dois anos*. A verdade é que era tão-somente um homem lido e curioso. Entretanto, *como era também discreto*, deixei de manifestar um reparo que fiz comigo acerca de promiscuidade de cousas religiosas e incrédulas, alguns padres de Igreja não longe de Voltaire e Rousseau, e aqui não havia afetar nada, *porque os conhecia*, não integralmente, mas *no principal que eles deixaram* [*grifos meus*].[27]

O seu relato parece harmonizar (ou alhear-se a) o funcionamento das coisas, em seu tempo e lugar. Não será necessário maior esforço para perceber que as principais instituições vigentes em 1839 foram devidamente

[26] *Casa Velha*, op. cit., 1968, p. 33.
[27] *Casa Velha*, op. cit., 1968, p. 48.

evocadas na novela. A igreja, na figura do cônego/narrador e do padre Mascarenhas; a política, haja vista as constantes alusões ao falecido ministro (cuja morte transferiu o comando para Dona Antônia); as forças do governo, personificadas no ruidoso coronel Raimundo; os pequenos comerciantes, na figura quase translúcida de Vitorino, filho do segeiro: pouco mais que um nome, semeado em duas ou três ocasiões na narrativa.

A perspectiva do relato em primeira pessoa é a de um homem "lido", "curioso", mas também afeito aos dogmas: dados que merecem maior exame. Sob vários ângulos, o cônego não está distante de Bento Santiago ou do Conselheiro Marcondes Aires. Ele não só discute capítulos da história nacional, mas também se interessa por obras de conteúdo polêmico, inclusive desconhecidas do grande público, como era o caso de Santo Agostinho, ou da "*Storia Fiorentina* de Varchi, edição de 1721",[28] referida no primeiro capítulo da novela.

Por mais inteligente e disciplinado que o cônego aparentasse ser, um sinal de inabilidade se revela no modo fragmentário, quando não superficial, em como vislumbra as pessoas e coisas. Quando conhece a moça identificada como Sinhazinha, o padre a compara de imediato com Lalau, nivelando-as em função de sua constituição física. No entanto, ao proceder desse modo, o narrador — que se mostrava tão atento às expressões e detalhes das pessoas — deixa de fora um dado tão decisivo quanto a diferença de caráter entre uma e outra: sua condição, na casa. Não por acaso, a assimetria social constitui uma das tônicas do enredo.

---

[28] *Casa Velha*, op. cit., 1968, p. 47.

As contradições de um cônego que reconstitui o testemunho sobre as relações no interior de uma grande propriedade; os obstáculos que impedem o enlace amoroso entre o menino rico e a agregada pobre; o lugar destinado aos servos, na casa; as constantes alusões à história do Primeiro Reinado pelo narrador; os artifícios empregados por Dona Antônia para convencer o padre da impossível união entre os jovens sob sua vigilância; o reinado da hipocrisia; a condução e desfecho dramático da história amorosa, são fatores que asseguram a qualidade de uma trama capaz de entreter, mas também de estimular a reflexão nos leitores.

Em *Casa Velha*, a dignidade da moça pobre e honesta vence, ou pelo menos, serve como revanche parcial, frente à perversidade de uma mãe preocupada em afastar o seu filho de uma candidata sem dotes. Em lugar de um convencional final feliz, que poderia acomodar o homem rico à moça prendada, assoma a hipocrisia da poderosa Dona Antônia contra a espontaneidade de dois jovens que vivem sob sua dependência e segundo os seus arbítrios. No plano da pura especulação, seria o caso de nos perguntarmos o que asseguraria a bem-sucedida comunhão de Félix e Lalau.

Questão ociosa. Nas narrativas machadianas, comumente o amor rivaliza com o ócio de muitos e o negócio de poucos; em contrapartida, a afeição costuma fazer mais vítimas que felizardos. Decerto, reside aí um dos ingredientes que emprestam acento trágico a parte considerável de sua ficção. Seja como for, *Casa Velha* pode ser vista como uma chave-mestra, capaz de abrir numerosas sendas interpretativas em meio à volumosa produção do escritor.

I. Antes e depois da missa

Aqui está o que contava, há muitos anos, um velho cônego da Capela Imperial:

— Não desejo ao meu maior inimigo o que me aconteceu no mês de abril de 1839. Tinha-me dado na cabeça escrever uma obra política, a história do reinado de D. Pedro I. Até então, esperdiçara algum talento em décimas e sonetos, muitos artigos de periódicos, e alguns sermões, que cedia a outros, depois que reconheci que não tinha os dons indispensáveis ao púlpito. No mês de agosto de 1838, li as *Memórias* que outro padre, Luís Gonçalves dos Santos, o Padre Perereca chamado, escreveu do tempo do rei, e foi esse livro que me meteu em brios. Achei-o seguramente medíocre, e quis mostrar que um membro da Igreja brasileira podia fazer coisa melhor.

Comecei logo a recolher os materiais necessários, jornais, debates, documentos públicos, e a tomar notas de toda parte e de tudo. No meado de fevereiro, disseram-me que, em certa casa da cidade, acharia, além de livros que poderia consultar, muitos papéis manuscritos, alguns reservados, naturalmente importantes, porque o dono da casa, falecido desde muitos anos, havia sido ministro de Estado. Compreende-se que esta notícia me aguçasse a curiosidade. A casa, que tinha capela para uso da família e dos moradores próximos, tinha, também, um padre contratado para dizer missa aos domingos, e confessar pela quaresma: era o Rev. Mascarenhas. Fui ter com ele para que me alcançasse da viúva a permissão de ver os papéis.

— Não sei se lhe consentirá isso — disse-me ele —; mas vou ver.

— Por que não há de consentir? É claro que não me utilizarei senão do que for possível, e com autorização dela.

— Pois sim, mas é que livros e papéis estão lá em grande respeito. Não se mexe em nada que foi do marido, por uma espécie de veneração, que a boa senhora conserva sempre e conservará. Mas, enfim, vou ver, e far-se-á o que for possível.

Mascarenhas trouxe-me a resposta dez dias depois. A viúva começou recusando; mas o padre instou, expôs o que era, disse-lhe que nada perdia do devido respeito à memória do marido consentindo que alguém folheasse uma parte da biblioteca e do arquivo, uma parte, apenas; e, afinal, conseguiu, depois de longa resistência, que me apresentasse lá. Não me demorei muito em usar do favor; e, no domingo próximo, acompanhei o Padre Mascarenhas.

A casa, cujo lugar e direção não é preciso dizer, tinha entre o povo o nome de Casa Velha, e era-o realmente: datava dos fins do outro século. Era uma edificação sólida e vasta, gosto severo, nua de adornos. Eu, desde criança, conhecia-lhe a parte exterior, a grande varanda da frente, os dois portões enormes, um especial às pessoas da família e às visitas e outro destinado ao serviço, às cargas que iam e vinham, às seges, ao gado que saía a pastar. Além dessas duas entradas, havia, do lado oposto, onde ficava a capela, um caminho que dava acesso às pessoas da vizinhança, que ali iam ouvir missa aos domingos, ou rezar a ladainha aos sábados.

Foi por esse caminho que chegamos à casa, às sete horas e poucos minutos. Entramos na capela após um raio de sol, que brincava no azulejo da parede interior, onde estavam representados vários passos da Escritura. A capela era pequena, mas muito bem tratada. Ao rés do chão, à esquerda, perto do altar, uma tribuna servia privativamente à dona da casa, e às senhoras da família ou hóspedas, que entravam pelo interior; os homens, os fâmulos e vizinhos ocupavam o corpo da igreja. Foi o que me disse o Padre Mascarenhas explicando tudo. Chamou-me a atenção para os castiçais de prata, para as toalhas finas e alvíssimas, para o chão em que não havia uma palha.

— Todos os paramentos são assim — concluiu ele. — E este confessionário? Pequeno, mas um primor.

Não havia coro, nem órgão. Já disse que a capela era pequena; em certos dias, a concorrência à missa era tal que até na soleira da porta vinham ajoelhar-se fiéis. Mascarenhas fez-me notar à esquerda da capela o lugar em que estava sepultado o ex-ministro. Tinha-o conhecido, pouco antes de 1831, e contou-me algumas particularidades interessantes; falou-me também da piedade e saudade da viúva, da veneração em que tinha a memória dele, das relíquias que guardava, das alusões frequentes na conversação.

— Lá verá na biblioteca o retrato dele — disse-me.

Começaram a entrar na igreja algumas pessoas da vizinhança, em geral pobres, de todas as idades e cores. Dos homens, alguns, depois de persignados e rezados, saíam outra vez, para esperar fora, conversando, a hora da missa. Vinham, também, escravos da casa. Um destes era o próprio sacristão; tinha a seu cargo não só a guarda e asseio da capela, mas também ajudava a missa, e, salvo a prosódia latina, com muita perfeição. Fomos achá-lo diante de uma grande cômoda de jacarandá antigo, com argolas de prata nos gavetões, concluindo os arranjos preparatórios. Na sacristia, entrou logo depois um moço de vinte anos mais ou menos, simpático, fisionomia meiga e franca, a quem o Padre Mascarenhas me apresentou; era o filho da dona da casa, Félix.

— Já sei — disse ele sorrindo —, mamãe me falou de V. Revma. Vem ver o arquivo de papai?

Confiei-lhe rapidamente a minha ideia, e ele ouviu-me com interesse. Enquanto falávamos, vieram outros homens de dentro, um sobrinho da dona da casa, Eduardo, também de vinte anos, um velho parente, Coronel Raimundo, e uns dois ou três hóspedes. Félix apresentou-me a todos, e, durante alguns minutos, fui naturalmente objeto de grande curiosidade. Mascarenhas, paramentado e de pé, com o cotovelo na borda da cômoda, ia dizendo alguma coisa, pouca; ouvia mais do que falava, com um sorriso antecipado nos lábios, voltando a cabeça a miúdo para um ou outro lado. Félix tratava-o com benevolência e até deferência; pareceu-me inteligente, lhano e modesto. Os outros apenas faziam coro. O coronel não fazia nada mais que confessar que tinha fome; acordara cedo e não tomara café.

— Parece que são horas — disse Félix; e, depois de ir à porta da capela: — Mamãe já está na tribuna. Vamos?

Fomos. Na tribuna, estavam quatro senhoras, duas idosas e duas moças. Cumprimentei-as de longe, e, sem mais encará-las, percebi que tratavam de mim, falando umas às outras. Felizmente, o padre entrou daí a três minutos, ajoelhamo-nos todos, e seguiu-se a missa, que, por fortuna do coronel, foi engrolada. Quando acabou, Félix foi beijar a mão à mãe e à outra senhora idosa, tia dele; levou-me a apresentar-me ali mesmo a ambas. Não falamos do meu projeto; tão somente a dona da casa disse-me delicadamente:

— Está entendido que V. Revma. faz-nos a honra de almoçar conosco?

Inclinei-me afirmativamente. Não me lembrou sequer acrescentar que a honra era toda minha.

A verdade é que me sentia tolhido. Casa, hábitos, pessoas davam-me ares de outro tempo, exalavam um cheiro de vida clássica. Não era raro o uso da capela particular; o que me pareceu único foi a disposição daquela, a tribuna de família, a sepultura do chefe, ali mesmo, ao pé dos seus, fazendo lembrar as primitivas sociedades em que florescia a religião doméstica e o culto privado dos mortos. Logo que as senhoras saíram da tribuna, por uma porta interior, voltamos à sacristia, onde o Padre Mascarenhas esperava com o coronel e outros. Da porta da sacristia, passando por um saguão, descemos dois degraus para um pátio, vasto, calçado de cantaria, com uma cisterna no meio. De um lado e outro corria um avarandado, ficando à esquerda alguns quartos, e à direita a cozinha e a copa. Pretas e moleques espiavam-me, curiosos, e creio que sem espanto, porque naturalmente a minha visita era desde alguns dias a preocupação de todos. Com efeito, a casa era uma espécie de vila ou fazenda, onde os dias, ao contrário de um rifão peregrino, pareciam-se uns com os outros; as pessoas eram as mesmas, nada quebrava a uniformidade das coisas, tudo quieto e patriarcal.

D. Antônia governava esse pequeno mundo com muita discrição, brandura e justiça. Nascera dona de casa; no próprio tempo em que a vida política do marido e a entrada deste nos conselhos de Pedro I podiam tirá-la do recesso e da obscuridade, só a custo e raramente os deixou. Assim é que, em todo o ministério do marido, apenas duas vezes foi ao paço. Era filha de Minas Gerais, mas foi criada no Rio de Janeiro, naquela mesma Casa Velha, onde casou, onde perdeu o marido e onde lhe nasceram os filhos — Félix, e uma menina que morreu com três anos. A casa fora construída pelo avô, em 1780, voltando da Europa, donde trouxe ideias de solar e costumes fidalgos; e foi ele, e parece que também a filha, mãe de D. Antônia, quem deu a esta a pontazinha de orgulho, que se lhe podia notar, e quebrava a unidade da índole desta senhora, essencialmente chã. Inferi isso de algumas anedotas que ela me contou de ambos, no tempo do rei. D. Antônia era antes baixa que alta, magra, muito bem composta, vestida com singeleza e austeridade; devia ter quarenta e seis a quarenta e oito anos.

Poucos minutos depois, estávamos almoçando. O coronel, que afirmava, rindo, ter um buraco de palmo no estômago, nem por isso comeu muito, e durante os primeiros minutos não disse nada; olhava para mim, obliquamente, e, se dizia alguma coisa, era baixinho, às duas moças, filhas dele; mas desforrou-se para o fim, e não conversava mal. Félix, eu e o Padre Mascarenhas falávamos de política, do ministério e dos sucessos do Sul. Notei, desde logo, no filho do ministro, a qualidade de saber escutar, e de dissentir parecendo aceitar o conceito alheio, de tal modo que, às vezes, a gente recebia a opinião desenvolvida por ele, e supunha ser a mesma que emitira. Outra coisa que me chamou a atenção foi que a mãe, percebendo o prazer com que eu falava ao filho, parecia encantada e orgulhosa. Compreendi que ele herdara as naturais esperanças do pai, e redobrei de atenção com o filho. Fi-lo sem esforço; mas pode ser também que entrasse por alguma coisa, naquilo, a necessidade de captar toda a afeição da casa, por motivo do meu projeto.

Foi só depois do almoço que falamos do projeto. Passamos à varanda, que comunicava com a sala de jantar, e dava para um grande terreiro; era toda ladrilhada, e tinha o teto sustentado por grossas colunas de cantaria. D. Antônia chamou-me, sentei-me ao pé dela, com o Padre Mascarenhas.

— Reverendíssimo, a casa está às suas ordens — disse-me ela. — Fiz o que o Sr. Padre Mascarenhas me pediu, e a muito custo, não porque o não julgue pessoa capaz, mas porque os livros e papéis de meu marido ninguém mexe neles.

— Creia que agradeço muito...

— Pode agradecer — interrompeu ela sorrindo —; não faria isto a outra pessoa. Precisa ver tudo?

— Não posso dizer se tudo; depois de um rápido exame, saberei mais ou menos o que preciso. E V. Exa. também há de ser um livro para mim, e o melhor livro, o mais íntimo...

— Como?

— Espero que me conte algumas coisas, que hão de ter ficado escondidas. As histórias fazem-se em parte com as notícias pessoais. V. Exa., esposa de ministro...

D. Antônia deu de ombros.

— Ah, eu nunca entendi de política, nunca me meti nessas coisas.

— Tudo pode ser política, minha senhora; uma anedota, um dito, qualquer coisa de nada, pode valer muito.

Foi neste ponto que ela me disse o que acima referi; vivia em casa, pouco saía, e só foi ao paço duas vezes. Confessou até que da primeira vez teve muito medo, e só o perdeu por se lembrar a tempo de um dito do avô.

— Saí de casa tremendo. Era dia de gala, ia trajada à corte; pelas portinholas do coche via muita gente olhando, parada. Mas, quando me lembrava que tinha de cumprimentar o imperador e a imperatriz, confesso que o coração me batia muito. Ao descer do coche, o medo cresceu, e ainda mais, quando subi as escadas do paço. De repente, lembrou-me um dito de meu avô. Meu avô, quando aqui chegou o rei, levou-me a ver as festas da cidade, e, como eu, ainda mocinha, impressionada, lhe dissesse que tinha medo de encarar o rei, se ele aparecesse na rua, olhou para mim, e disse com um modo muito sério que ele tinha às vezes: "Menina, uma Quintanilha não treme nunca!" Foi o que fiz, lembrou-me que uma Quintanilha não tremia, e, sem tremer, cumprimentei Suas Majestades.

Rimo-nos todos. Eu, pela minha parte, declarei que aceitava a explicação e não lhe pediria nada; e depois falei de outras coisas. Parece que estava de veia, se não é que a conversação da viúva me meteu em brios. Veio o filho, veio o cunhado, vieram as moças, e posso afirmar que deixei a melhor impressão em todos; foi o que o Padre Mascarenhas me confirmou, alguns dias depois, e foi o que notei por mim mesmo.

Antes de me despedir deles, fui ver a biblioteca. Era uma vasta sala, dando para a chácara, por meio de seis janelas de grade de ferro, abertas de um só lado. Todo o lado oposto estava forrado de estantes, pejadas de livros. Estes eram, pela maior parte, antigos, e muitos in-fólios;

livros de história, de política, de teologia, alguns de letras e filosofia, não raros em latim e italiano. Eu via-os, tirava e abria um ou outro, dizia alguma palavra, que o Félix, que ia comigo, ouvia com muito prazer, porque as minhas reflexões redundavam em elogio do pai, ao mesmo tempo que lhe davam de mim maior ideia. Esta ideia cresceu ainda mais, quando casualmente dei com os olhos na *Storia Fiorentina*, de Varchi, edição de 1721. Confesso que nunca tinha lido esse livro, nem mesmo o li mais tarde; mas um padre italiano, que eu visitara no Hospício de Jerusalém, na antiga rua dos Barbonos, possuía a obra e falara-me da última página, que, em alguns exemplares, faltava, e tratava do modo descomunalmente sacrílego e brutal com que um dos Farneses tratara o bispo de Fano.

— Será o exemplar truncado? — disse eu.

— Truncado? — repetiu Félix.

— Vamos ver — continuei eu, correndo ao fim. — Não, cá está; é o cap. 16 do liv. XVI. Uma coisa indigna! *In questanno medesimo nacque un caso...*[1] Não vale a pena ler; é imundo.

Pus o livro no lugar. Sem olhar para o Félix, sentia-o subjugado. Nem confesso este incidente, que me envergonha, senão porque, além da resolução de dizer tudo, importa explicar o poder que desde logo exerci naquela casa, e especialmente no espírito do moço. Creram-me naturalmente um sábio, tanto mais digno de admiração, quanto que contava apenas trinta e dois anos. A verdade é que era tão somente um homem lido e curioso. Entretanto, como era também discreto, deixei de manifestar

[1] Do italiano: "Nesse mesmo ano, um caso ocorreu". (N. do E.)

um reparo que fiz comigo acerca da promiscuidade de coisas religiosas e incrédulas, alguns padres da Igreja não longe de Voltaire e Rousseau, e aqui não havia afetar nada, porque os conhecia, não integralmente, mas no principal que eles deixaram. Quanto à parte que imediatamente me interessava, achei muitas coisas, opúsculos, jornais, livros, relatórios, maços de papéis rotulados e postos por ordem, em pequenas estantes, e duas grandes caixas que o Félix me disse estarem cheias de manuscritos.

Havia ali dois retratos, um do finado ex-ministro, outro de Pedro I. Conquanto a luz não fosse boa, achei que o Félix parecia-se muito com o pai, descontada a idade, porque o retrato era de 1829, quando o ex-ministro tinha quarenta e quatro anos. A cabeça era altiva, o olhar inteligente, a boca voluptuosa; foi a impressão que me deixou o retrato. Félix não tinha, porém, a primeira, nem a última expressão; a semelhança restringia-se à configuração do rosto, ao corte e viveza dos olhos.

— Aqui está tudo — disse-me Félix —; aquela porta dá para uma saleta, onde poderá trabalhar, quando quiser, se não preferir aqui mesmo.

Já disse que saí de lá encantado, e que os deixei igualmente encantados comigo. Comecei os meus trabalhos de investigação três dias depois. Só então revelei a Monsenhor Queirós, meu velho mestre, o projeto que tinha de escrever uma história do Primeiro Reinado. E revelei-lho com o único fim de lhe contar as impressões que trouxera da Casa Velha, e confiar as minhas esperanças de algum achado de valor político. Monsenhor Queirós abanou a cabeça, desconsolado. Era um bom filho da Igreja, que me fez o que sou, menos a tendência política, apesar de que no tempo em que ele floresceu muitos servidores da Igreja também o eram do Estado. Não aprovou a ideia; mas não gastou tempo em tentar dissuadir-me. "Contanto", disse-me ele, "que você não prejudique sua mãe, que é a Igreja. O Estado é um padrasto."

A meu cunhado e minha irmã, que sabiam do projeto, apenas contei o que se passara na Casa Velha; ficaram contentes, e minha irmã pediu-me que a levasse lá, alguma vez, para conhecer a casa e a família.

Na quarta-feira, comecei a pesquisa. Vi, então, que era mais fácil projetá-la, pedi-la e obtê-la, que realmente executá-la. Quando me achei na biblioteca e no gabinete contíguo, com os livros e papéis à minha disposição, senti-me constrangido, sem saber por onde começasse. Não era uma casa pública, arquivo ou biblioteca, era uma casa onde, no que tocava a papéis e manuscritos, podia dar com alguma coisa privada e doméstica. Para melhor haver-me, pedi ao Félix que me auxiliasse, disse-lhe até, com franqueza, a causa do meu acanhamento. Ele respondeu, polidamente, que tudo estava em boas mãos. Insistindo eu, consentiu em servir-me (palavras suas) de sacristão; pedia, porém, licença naquele dia porque tinha de sair; e, na seguinte semana, desde terça-feira até sábado, estaria na roça. Voltaria sábado à noite, e daí até o fim, estava às minhas ordens. Aceitei este convênio.

Ocupei os primeiros dias na leitura de gazetas e opúsculos. Conhecia alguns deles, outros não, e não eram estes os menos interessantes. Logo no dia seguinte, Félix acompanhou-me nesse trabalho, e daí em diante até seguir para a roça. Eu, em geral, chegava às dez horas, conversava um pouco com a dona da casa, as sobrinhas e o coronel; o primo Eduardo retirara-se para São Paulo. Falávamos das coisas do dia, e poucos minutos depois, nunca mais de meia hora, recolhia-me à biblioteca com o filho do ex-ministro. Às duas horas, em ponto, era o jantar. No primeiro dia recusei, mas a dona da casa declarou-me que era a condição do obséquio prestado. Ou jantaria com eles, ou retirava-me a licença. Tudo isso com tão boa cara que era impossível teimar na recusa. Jantava. Entre três e quatro horas, descansava um pouco, e depois continuava o trabalho até anoitecer.

Um dia, quando ainda o Félix estava na roça, D. Antônia foi ter comigo, com o pretexto de ver o meu trabalho, que lhe não interessava nada. Na véspera, ao jantar, disse-lhe que estimava muito ver as terras da Europa, especialmente França e Itália, e talvez ali fosse daí a meses. D. Antônia, entrando na biblioteca, logo depois de algumas palavras insignificantes, guiou a conversa para a viagem, e acabou pedindo que persuadisse o filho a ir comigo.

— Eu, minha senhora?

— Não se admire do pedido; eu já reparei, apesar do pouco tempo, que Vossa Reverendíssima e ele gostam muito um do outro, e sei que se lhe disser isso, com vontade, ele cede.

— Não creio que tenha mais força que sua mãe. Já lhe tem lembrado isso?

— Já — respondeu D. Antônia com uma entonação demorada que exprimia longas instâncias sem efeito.

E logo depois com um modo alegre:

— As mães como eu não podem com os filhos. O meu foi criado com muito amor e bastante fraqueza. Tenho-lhe pedido mais de uma vez; ele recusa sempre dizendo que não quer separar-se de mim. Mentira! A verdade é que ele não quer sair daqui. Não tem ambições, fez estudos incompletos, não lhe importa nada. Há uns parentes nossos em Portugal. Já lhe disse que fosse visitá-los, que eles desejavam vê-lo, e que fosse depois à Espanha e França e outros lugares. José Bonifácio lá esteve e contava coisas muito interessantes. Sabe o que ele me responde? Que tem medo do mar; ou então repete que não quer separar-se de mim.

— E não acha que esta segunda razão é a verdadeira?

D. Antônia olhou para o chão, e disse com voz sumida:

— Pode ser.

— Se é a verdadeira, haveria um meio de conciliar tudo: era irem ambos, e eu com ambos, e para mim seria um imenso prazer.

— Eu?

— Pois então?

— Eu? Deixar esta casa? Vossa Reverendíssima está caçoando. Daqui para a cova. Não fui quando era moça, e agora que estou velha é que hei de meter-me em folias... Ele sim, que é rapaz — e precisa.

Tive uma suspeita súbita:

— Minha senhora, dar-se-á que ele padeça de alguma moléstia que...

— Não, não, graças a Deus! Digo que precisa, porque é rapaz, e meu avô dizia que, para ser homem completo, é preciso ver aquelas coisas por lá. É só por isso. Não, não tem moléstia nenhuma; é um rapaz forte.

Era impossível, ou, pelo menos, indelicado tentar obter a razão secreta deste pedido, se havia alguma, como me pareceu. Pus termo à conversação, dizendo que ia convidar o rapaz. D. Antônia agradeceu-me, declarou que não me havia de arrepender do companheiro, e fez grandes elogios ao filho. Quis falar de outras coisas; ela, porém, teimava no assunto da viagem, para familiarizar-nos com a ideia, e moralmente constranger-me a realizá-la. No dia seguinte, voltou à biblioteca, mas com outro pretexto: veio mostrar-me uma boceta de rapé, que fora do marido, e que era, realmente, uma perfeição. Não tive dúvida em dizer-lhe isto mesmo, e ela acabou pedindo-me que a aceitasse como lembrança do finado. Aceitei-a, constrangido; falamos ainda da viagem, duas palavras apenas, e fiquei só.

Não estava contente comigo. Tinha-me deixado resvalar a uma promessa inconsiderada, cuja execução parecia complicar-se de circunstâncias estranhas e obscuras, provavelmente sérias. As instâncias de D. Antônia, as razões dadas, as reticências, e finalmente aquele mimo, sem outro motivo mais que cativar-me e obrigar-me, tudo isso dava que cismar. Na noite desse dia fui à casa do Padre Mascarenhas para sondá-lo; perguntei-lhe se sabia alguma coisa do rapaz, se era peralta, se tinha irregularidades na vida. Mascarenhas não sabia nada.

— Até aqui, suponho que é um modelo de sossego e seriedade — concluiu ele. — Verdade seja que só vou lá aos domingos.

— Mas, pelos domingos, tiram-se os dias santos — repliquei rindo.

Félix voltou da roça dois dias depois, num sábado. No domingo, não fui lá. Na segunda-feira, falei-lhe da viagem que ia fazer, e do desejo que tinha de o levar comigo; respondeu que seria para ele um grande prazer, se pudesse acompanhar-me, mas não podia. Teimei, pedi-lhe razões, falei com tal interesse, que ele, desconfiado, fitou-me os olhos, e disse:

— Foi mamãe que lhe pediu?

— Não digo que não; foi ela mesma. Tinha-lhe dito que tencionava ir à Europa, daqui a alguns meses, e ela então falou-me do senhor e das vezes que já lhe tem aconselhado uma viagem. Que admira?

Félix conservou os olhos espetados em mim, como se quisesse descer ao fundo da minha consciência. Ao cabo de alguns instantes, respondeu, secamente:

— Nada: não posso ir.

— Por quê?

Aqui teve ele um gesto quase imperceptível de orgulho molestado; achou naturalmente esquisita a curiosidade de um estranho. Mas, ou fosse da índole dele, ou do meu caráter sacerdotal, vi desaparecer-lhe logo esse pequeno assomo; Félix sorriu e confessou que não podia separar-se da mãe. Eu, a rigor, não devia dizer mais nada, e encerrar-me no exame dos papéis; mas a maldita curiosidade picava-me de esporas, e ainda repliquei alguma coisa; ponderei-lhe que o sentimento era digno e justo, mas que, tendo de viver com os homens, devia começar por ver os homens, e não restringir-se à vida simples e emparedada da família. Demais, o contato de outras civilizações necessariamente nos daria têmpera ao espírito. Escutou calado, mas sem atenção fixa, e quando acabei, declarou ultimando tudo:

— Bem, pode ser que me resolva; veremos. Não vai já? Então, depois falaremos disto; pode ser... E o seu trabalho, está adiantado?

Não insisti, nem voltei ao assunto, apesar da mãe, que me falou algumas vezes dele. Pareceu-me que o melhor de tudo era acelerar a conclusão do trabalho, e despregar-me de uma intimidade que podia trazer complicações ou desgostos. As horas que então passei foram das melhores, regulares e tranquilas, ajustadas à minha índole quieta e eclesiástica. Chegava cedo, conversava alguns minutos, e recolhia-me à biblioteca até à hora do jantar, que não passava das duas. O café ia à grande varanda, que ficava entre a sala de jantar e o terreiro das casuarinas, assim chamado por ter um lindo renque dessas árvores, e eu retirava-me antes do pôr do sol. Félix ajudava-me grande parte do tempo. Tinha todas as horas livres, e quando não me ajudava é porque saíra a caçar, ou estava lendo, ou teria ido à cidade a passeio ou a negócio de casa.

Vai senão quando, um dia, estando só na biblioteca, ouvi rumor do lado de fora. Era a princípio um chiar de carro de bois, de que não fiz caso, por já o ter ouvido de outras vezes; devia ser um dos dois carros que traziam da roça para a Casa Velha, uma ou duas vezes por mês, frutas e legumes. Mas, logo depois, ouvi outro rodar, que me pareceu de sege, vozes trocadas e como que um encontrão dos dois veículos. Fui à janela; era isso mesmo. Uma sege, que entrara depois do carro de bois, foi a este no momento em que ele, para lhe dar passagem, torcia o caminho; o boleeiro não pôde conter logo as bestas, nem o carro fugir a tempo, mas não houve outra consequência além da vozeria. Quando eu cheguei à janela já o carro acabava de passar, e a sege galgou logo os poucos passos que a separavam da porta que ficava justamente por baixo de minha janela. Entretanto, não foi tão pouco o tempo que eu não viesse aparecer, entre as cortinas entreabertas da sege, a carinha alegre e ridente de uma moça que parecia mofar do perigo. Olhava, ria e falava para dentro da sege. Não lhe vi mais do que a cara, e um pouco do pescoço; mas, daí a nada, parando a sege à porta, as duas cortinas de couro foram corridas para cada lado, e ela e outra desceram rapidamente, e entraram em casa. "Hão de ser visitas", pensei comigo.

Voltei para o trabalho; eram onze horas e meia. Perto de uma, entrou na biblioteca o filho de D. Antônia; vinha da praça, aonde fora cedo, para tratar de um negócio do tio coronel. Estava singularmente alegre, expansivo, fazendo-me perguntas e não atendendo, ou atendendo mal às respostas. Não me lembraria disto agora, nem nunca mais, se não se tivesse ligado aos acontecimentos próximos, como veremos. A prova de que não dei então grande importância ao estado de espírito dele é que daí a pouco quase que não lhe respondia nada, e continuava a ver os papéis. Folheava justamente um maço de cópias relativas à Cisplatina, e preferia o silêncio a qualquer assunto de conversa. Félix demorou-se pouco, saiu, mas tornou antes das duas horas, e achou-me concluindo o trabalho do dia, para acudir ao jantar. Daí a pouco estávamos à mesa.

Era costume de D. Antônia vir para a mesa acompanhando a irmã (a senhora idosa que achei na tribuna da capela, no primeiro dia em que ali fui), e assim o fez agora, com a diferença que outra senhora a acompanhava, também. Disseram-me que era amiga da família, e chamava-se Mafalda. Logo que nos sentamos, D. Antônia perguntou à hóspeda:

— Onde está Lalau?

— Onde há de estar! Talvez brincando com o pavão. Mas, não faz mal, sinhá D. Antônia, vamos jantando;

ela pode ser que nem tenha vontade de comer; antes de vir comeu um pires de melado com farinha.

— A sege chegou muito tarde? — perguntou Félix à hóspeda.

— Não, senhor; ainda esperou por nós.

— Seu irmão está bom?

— Está; minha cunhada é que anda um pouco adoentada. Depois da erisipela que teve pelo Natal, nunca ficou boa de todo.

Creio que disseram ainda outras coisas; mas não me interessando nada, nem a conversação, nem a hóspeda, que era uma pessoa vulgar, fiz o que costumo fazer em tais casos: deixei-me estar comigo. Já tinha compreendido que a hóspeda era uma das que chegaram na sege, que a outra devia ser a mocinha, cuja cara vi entre as cortinas, e finalmente que alguma intimidade haveria entre tal gente e aquela casa, visto que, contra a ordem severa desta, Lalau andava atrás do pavão, em vez de estar à mesa conosco. Mas, em resumo, tudo isso era bem pouco para quem tinha na cabeça a história de um imperador.

II

Lalau não se demorou muito. Chegou entre o primeiro e o segundo prato. Vinha um pouco esbaforida, voando-lhe os cabelos, que eram curtinhos e em cachos, e quando D. Antônia lhe perguntou se não estava cansada de travessuras, Lalau ia responder alguma coisa, mas deu comigo, e ficou calada. D. Antônia, que reparou nisso, voltou-se para mim.

— Reverendíssimo, é preciso confessar esta pequena e dar-lhe uma penitência para ver se toma juízo. Olhe que voltou há pouco e já anda naquele estado. Vem cá, Lalau.

Lalau aproximou-se de D. Antônia, que lhe compôs o cabeção do vestido; depois, foi sentar-se defronte de mim, ao pé da outra hóspeda. Realmente, era uma criatura adorável, espigadinha, não mais de dezessete anos, dotada de um par de olhos, como nunca mais vi outros, claros e vivos, rindo muito por eles, quando não ria com a boca; mas, se o riso vinha juntamente de ambas as partes, então é certo que a fisionomia humana confinava com a angélica, e toda a inocência e toda a alegria que há no céu pareciam falar por ela aos homens. Pode ser que isto pareça exagerado a uns e vago a outros, mas não acho no momento um modo melhor de traduzir a sensação que essa menina produziu em mim. Contemplei-a alguns instantes com infinito prazer. Fiei-me do caráter de padre para saborear toda a espiritualidade daquele rosto comprido e fresco, talhado com graça, como o resto da pessoa. Não digo que todas as linhas fossem corretas, mas a alma corrigia tudo.

Chamava-se Cláudia; Lalau era o nome doméstico. Não tendo pai nem mãe, vivia em casa de uma tia. Quase se pode dizer que nasceu na Casa Velha, onde os pais estiveram muito tempo como agregados, e aonde iam passar dias e semanas. O pai, Romão Soares, exercia um ofício mecânico, e antes pertencera à guarda da cavalaria de polícia; a mãe, Benedita Soares, era filha de um escrivão da roça, e, segundo me disse a própria D. Antônia, foi uma das mais bonitas mulheres que ela conheceu desde o tempo do rei.

Lalau, se não nasceu ali, ali foi criada e tratada sempre, ela como a mãe, no mesmo pé de outras relações; eram menos agregadas que hóspedas. Daí a intimidade desta mocinha, que chegava a infringir a ordem austera da casa, não indo para a mesa com a dona dela. Lalau andava na própria sege de D. Antônia, vivia do que esta lhe dava, e não lhe dava pouco; em compensação, amava sinceramente a casa e a família. Tendo ficado órfã desde 1831, D. Antônia cuidou de lhe completar a educação; sabia ler e escrever, coser e bordar; aprendia agora a fazer crivo e renda.

Foi D. Antônia quem me deu essas notícias, naquela mesma tarde, ao café, acrescentando que achava bom casá-la quanto antes; tinha a responsabilidade do seu destino, e receava que lhe acontecesse o mesmo que com outra agregada, seduzida por um saltimbanco, em 1835.

Nisto, a menina veio a nós, olhando muito para mim. Estávamos na varanda.

— Vou confessá-la — disse-lhe eu —; mas olhe lá se me nega algum pecado.

— Que pecado, meu Deus! Cruz! Eu não tenho pecado. Nhãtônia é que anda inventando essas coisas. Eu, pecado?

— E as travessuras? — perguntei-lhe. — Olhe, ainda hoje, quando estava quase a suceder um desastre na estrada, entre o carro de bois e a sege em que a senhora vinha, a senhora, em vez de ficar séria e pensar em Deus, enfiou a cabeça por entre as cortinas para fora, rindo como uma criança.

— Que é ela senão criança? — ponderou D. Antônia.

Lalau olhou espantada.

— Onde estava o senhor padre?

— Estava no céu, espiando.

— Ora! diga onde estava.

— Já disse; estava no céu.

— Adeus! diga onde estava!

— Lalau! que modos são esses? — repreendeu D. Antônia.

A moça calou-se aborrecida; eu é que fui em auxílio dela, e contei-lhe que estava à janela da biblioteca, quando ela chegara. D. Antônia já sabia tudo, pois ali um acontecimento de nada ou quase nada era matéria de longas conversações. Não obstante, a mocinha referiu ainda o que se passara e as suas sensações alegres. Confessou que não tinha medo de nada, e até que queria ver um desastre para compreender bem o que era. Como a conversação dela era a troncos, interrompeu-se para perguntar-me se era eu quem iria agora dizer missa lá em casa, em vez do Padre Mascarenhas. Respondi-lhe que não, quis saber o que estava fazendo na biblioteca. Disse-lhe que fazia crivo. Ela pareceu gostar da resposta; creio que achou entre os nossos espíritos algum ponto de contato.

A verdade é que, no dia seguinte, vendo-me entrar e ir para a biblioteca, ali foi ter comigo, ansiosa de saber o que eu estava fazendo. Como lhe dissesse que examinava uns papéis, ouviu-me atenta, pegou curiosa de algumas notas, e dirigiu-me várias perguntas; mas deixou logo tudo para contemplar a biblioteca, peça que raramente se abria. Conhecia os retratos, distinguiu-os logo; ainda assim parecia tomar gosto em vê-los, principalmente o do ex-ministro; quis saber se ela o conhecera; respondeu-me que sim, que era um bonito homem, e fardado então parecia um rei. Seguiu-se um grande silêncio, durante o qual ela olhou para o retrato, e eu para ela, e que se quebrou com esta frase murmurada pela moça, entre si e Deus:

— Muito parecido...

— Parecido com quem? — perguntei.

Lalau estremeceu e olhou para mim, envergonhada. Não era preciso mais: adivinhei tudo. Infelizmente, tudo não era ainda tudo.

III

Amor non improbatur,[1] escreveu o meu grande Santo Agostinho. A questão para ele, como para mim, é que as criaturas sejam amadas e amem em Deus. Assim, quando desconfiei, por aquele gesto, que esta moça e Félix eram namorados, não os condenei por isso, e para dizer tudo, confesso que tive um grande contentamento. Não sei bem explicá-lo; mas é certo que, sendo ali estranho, e vendo esta moça pela primeira vez, a impressão que recebi foi como se se tratasse de amigos velhos. Pode ser que a simpatia da minha natureza explique tudo; pode ser também que esta moça, assim como fascinara o Félix para o amor, acabasse de fascinar-me para a amizade. Uma ou outra coisa, à escolha, a verdade é que fiquei satisfeito e os aprovei comigo.

Entretanto, adverti que da parte dele não vira nada, nem à mesa, nem na varanda, nada que mostrasse igual afeição. Dar-se-ia que só ela o amasse, não ele a ela? A hipótese afligiu-me. Achava-os tão ajustados um ao outro que não acabarem ligados parecia-me uma violação da lei divina. Tais eram as reflexões que vim fazendo, quando dali voltei nesse dia, e para quem andava à cata de documentos políticos, não é de crer que semelhante preocupação fosse de grande peso; mas nem a alma de um homem é tão estreita que não caibam nela coisas contrárias, nem eu era tão historiador como presumira. Não escrevi a história que esperava; a que de lá trouxe é esta.

---

[1] Do latim: "Não se reprova o amor". (N. do E.)

Não me foi difícil averiguar que o Félix amava a pequena. Logo nos primeiros dias, pareceu-me outro, mais prazenteiro, e, à mesa ou fora dela, pude apanhar alguns olhares, que diziam muito. Observei, também, que essa moça, tão criança, era inteiramente mulher, quando os olhos dela encontravam os dele, como se o amor fosse a puberdade do espírito, e mais notei que, se toda a gente a tratava de um modo afetuoso, mas superior, ele tinha para com ela atenções e respeito.

Já então não ia eu ali todos os dias, mas três ou quatro vezes por semana. A dona da casa, posto que sempre afável, recebia a impressão natural da assiduidade, que vulgariza tudo. Os dois, não; o Félix vinha muitas vezes esperar-me a distância da casa, e na casa, ao portão ou na varanda, achava sempre a mocinha, rindo pela boca e pelos olhos. É bem possível que eu fosse para eles como o traço de pena que liga duas palavras; é certo, porém, que gostavam de mim. Eu, entre ambos, com a minha batina (deixem-me confessar esta vaidade) tinha uns ares do bispo Cirilo entre Eudoro e Cimódoce.[2]

Há de parecer singular que não me lembrasse logo do pedido de D. Antônia para que o filho me acompanhasse à Europa, e o não ligasse a este amor nascente: lembrei-me, depois. A princípio, vendo a afeição com que ela tratava a mocinha, cuidei que os aprovava. Mais tarde, quando me recordei do pedido, acreditei que esse amor era para ela o remédio ao mal secreto do filho, se algum havia, que me não quisera revelar.

---

[2] Referência à obra *Les Martyrs, de* François-René-Chateaubriand (1768-1848): Cimódoce, sacerdotisa grega, casa-se com o oficial cristão Eudoro e acaba por se converte ao cristianismo e morre ao lado dele, em decorrência da perseguição aos cristãos. (N. do E.)

Durante os primeiros dias, depois da chegada de Lalau, nada aconteceu que mereça a pena contar aqui. Félix acompanhava-me no trabalho, mas interrompidamente, e às vezes, se saía a algum negócio da casa, só nos víamos à mesa do jantar. Lalau não ia à biblioteca; um dia, porém, atreveu-se a entrar às escondidas, e foi ter comigo. Suspendi o trabalho, e conversamos perto de meia hora, sobre uma infinidade de coisas, presentes e passadas. Eram mais de onze horas; o dia estava quente, o ar parado, a casa silenciosa, salvo um ou outro mugido, ao longe, ou algum canto de passarinho. Eu, com os estudos clássicos que tivera, e a grande tendência idealista, dava a tudo a cor das minhas reminiscências e da minha índole, acrescendo que a própria realidade externa — antiquada e solene nos móveis e nos livros, recente e graciosa em Lalau — era propícia à transfiguração.

Deixei-me ir ao sabor do momento. Notem bem que ela, às vezes, ouvia mal, ou não sabia ouvir absolutamente, com os olhos vagos, pensando em outra coisa. Outras vezes interrompia-me para fazer um reparo inútil. Já disse, também, que tinha a conversação trancada e salteada. Com tudo isso, era interessante falar-lhe, e principalmente ouvi-la. Sabia, no meio das puerilidades frequentes da palavra, não destoar nunca da consideração que me devia; e tanto era curiosa como franca.

— Teve medo? — disse ela.

— Como é que a senhora entrou?

— Entrando; vi o senhor aqui, e vim muito devagar, pensando que não chegasse ao fim da sala, sem que o senhor me ouvisse, mas não ouviu nada, todo embebido no que está escrevendo. O que é?

— Coisas sérias.

— Nhãtônia disse que o senhor está aqui fazendo umas notas políticas para pôr num livro.

— Então, se sabia, como é que me perguntou?

Lalau encolheu os ombros.

— Fez mal — disse eu. — Olhe que eu sou padre, posso pregar-lhe um sermão.

— O senhor prega sermões? Por que não vem pregar aqui, na quaresma? Eu gosto muito de sermões. No ano passado, ouvi dois, na igreja da Lapa, muito bonitos. Não me lembra o nome do padre. Eu, se fosse padre, havia de pregar também. Só não gosto dos latinórios; não entendo.

Falou assim, a troncos, uns bons cinco minutos; eu deixei-a ir, olhando só, vivendo daquela vida que jorrava dela, cristalina e fresca. No fim, Lalau sentou-se, mas não se conservou sentada mais de dois minutos, levantou-se outra vez para ir à janela, e tornou dentro para mirar os livros. Achou-os grandes demais; admirava como havia quem tivesse a paciência de os ler. E depois alguns eram tão velhos!

— Que tem que sejam velhos? — retorqui. — Deus é velho, e é a melhor leitura que há.

Lalau olhou espantada para mim. Provavelmente, era a primeira vez que ouvia uma figura daquelas, fez-lhe impressão. Teimou depois que os livros velhos pareciam-se com o antigo capelão da casa, o antecessor do Padre Mascarenhas, que andava com a batina empoeirada, e tinha a cara feita de rugas. Conseguintemente, vieram histórias do capelão. Em nenhuma delas, nem de outras entrava o Félix; exclusão que podia ser natural, mas que me não pareceu casual. Como eu lhe dissesse que não se deve mofar dos padres, ela ficou mui séria e atenta; depois, rompeu, rindo:

— Mas não é do senhor.

— De mim ou de outro, é a mesma coisa.

— Ora, mas o outro era tão feio, tão lambuzão...

Disse-lhe, com as palavras que podia, que o padre é padre, qualquer que seja a aparência. Enquanto lhe falava, ela dava alguns passos de um lado para outro, cuido que para sentir o tapete debaixo dos pés; não o havia senão ali e na sala de visitas, fechada sempre. De quando em quando, parava e olhava de cima as figuras desbotadas do chão; outras vezes, deixava escorregar o pé, de propósito. Tinha o rasgo pueril de achar prazer em qualquer coisa.

— Está bom, está bom — disse-me ela, finalmente —, não precisa brigar comigo; não falo mais do capelão. Pode continuar o seu trabalho, vou-me embora.

— Não é preciso ir embora.

— Muito obrigada! Quer que fique olhando para as paredes, enquanto o senhor trabalha...

— Mas se eu não estou trabalhando! Olhe, se quer que eu não faça nada, sente-se um pouco, mas sente-se de uma vez.

Lalau sentou-se. A cadeira em que se sentou era uma velha cadeira de espaldar de couro lavrado, e pés em arco. Dali, olhava para fora, e o sol, entrando pela janela, vinha morrer-lhe aos pés. Para não estar em completo sossego, começou a brincar com os dedos; mas cessou logo, quando lhe perguntei, à queima-roupa, se se lembrava da mãe. As feições da moça perderam instantaneamente o ar alegre e descuidado; tudo o que havia nelas de frívolo converteu-se em gravidade e compostura, e a criança desapareceu, para só deixar a mulher com a sua saudade filial.

Respondeu-me com uma pergunta. Como podia esquecê-la? Sim, senhor, lembrava-se dela, e muito, e rezava por ela todas as noites para que Deus lhe desse o céu. E com certeza estava no céu. Era boa como eu não podia imaginar, e ninguém foi nunca tão amiga dela, como a defunta. Não negava que Nhãtônia lhe queria muito, e tinha provas disso, e assim também as mais pessoas da casa; mas a mãe era outra coisa. A mãe morria por ela, e quase se pode dizer que foi assim mesmo, porque apanhou uma constipação, estando a tratá-la de uma febre, e ficou com uma tosse que nunca mais a deixou. O doutor negou, disse que a morte foi de outra coisa; ela, porém, desconfiou sempre que a doença da mãe começou dali. Tão boa que nem quis que ela a visse morrer, para não padecer mais do que padecia. Não pôde vê-la morrer, viu-a depois de morta, tão bonita! tão serena! parecia viva!

Aqui levou os dedos aos olhos; eu levantei-me e disse-lhe que mudássemos de conversa, que a mãe estava no céu, e que a vontade de Deus era mais que tudo. Lalau escutou-me com os olhos parados — ela que os trazia como um casal de borboletas — e depois de alguns instantes de silêncio, continuou a falar da mãe, mas já não da morte, senão da vida, e particularmente da beleza. Não, eu não podia imaginar como a mãe era bonita; até parava gente na rua para vê-la. E descreveu-a toda, como podia, mostrando bem que as graças físicas da mãe, aos olhos dela, eram ainda uma qualidade moral, uma feição, alguma coisa especial e genuína que não possuíram nunca as outras mães.

— Deus que a chamou para si — disse-lhe eu — lá sabe por que é que o fez. Agora tratemos dos vivos. Ela está no céu, a senhora está aqui, ao pé de pessoas que a estimam...

— Oh, eu dava tudo para tê-la ao pé de mim, na nossa casinha da Cidade Nova! A casa era isto — continuou ela levantando as mãos abertas, diante do rosto, e marcando assim o tamanho de um palmo —, ainda me lembro bem, era nada, quase nada, não tinha lá tapetes nem dourados, mas mamãe era tão boa! tão boa! Coitada de mamãe!

— Olhe o sol! — disse eu procurando desviar-lhe a atenção.

Com efeito, o sol, que ia subindo, começava a lamber-lhe a barra do vestido. Lalau olhou para o chão, quis recuar a cadeira, mas, sentindo-a pesada, levantou-se e veio ter comigo; pedindo-me desculpa de tanta coisa que dissera, e não interessava a ninguém; e não me deu tempo de replicar, porque acrescentou logo outro pedido: que não contasse nada a Nhãtônia.

— Por quê?

— Ela pode acreditar que eu disse isto por não estar bem aqui, e eu estou muito bem aqui, muito bem.

Quis retê-la, mas a palavra não alcançou nada, e eu não podia pegar-lhe nas mãos. Deixei-a ir, e voltei às minhas notas. Elas é que não voltaram a mim, por mais que tentasse buscá-las e transcrevê-las.

Lalau ainda tornou à sala, daí a três ou quatro minutos, para reiterar o último pedido; prometi-lhe tudo o que quis. Depois, fitando-me bem, acrescentou que eu era padre, e não podia rir dela nem faltar à minha palavra.

— Rir? — disse eu em tom de censura.

— Não se zangue comigo — acudiu sorrindo —; digo isto porque sou muito medrosa e desconfiada.

E, rápida, como passarinho, deixou-me outra vez só. Desta vez não tornei às notas; fiquei passeando na longa sala, costeando as estantes, detendo-me para mirar os livros, mas realmente pensando em Lalau. A simpatia que me arrastava para ela complicava-se agora de veneração, diante daquela explosão de sensibilidade que estava longe de esperar da parte de uma criatura tão travessa e pueril. Achei nessa saudade da mãe, tão viva após longos anos, um documento de grande valor moral, pois a afeição que ali lhe mostravam, e o próprio contato da opulência podiam naturalmente tê-la amortecido ou substituído. Nada disso; Lalau daria tudo para viver ao pé da mãe. Tudo? Pensei também no silêncio que me recomendou, medrosa de que a achassem ingrata, e este rasgo não me pareceu menos valioso que o outro: era claro que ela compreendia as induções possíveis de uma dor que persiste a despeito dos carinhos com que cuidavam tê-la eliminado, e queria poupar aos seus benfeitores o amargor de crer que empregavam mal o benefício.

Pouco depois, chegou o Félix. Veio falar-me; disse-me que tinha uma boa notícia, que ia mudar de roupa e voltava. Vinte minutos depois estava outra vez comigo, e confiava-me o plano de fazer-se eleger deputado.

— Até agora não tinha resolvido nada, mas acho que devo fazê-lo. Sigo a carreira de papai. Que lhe parece, Reverendíssimo?

— Parece-me bem. Todas as carreiras são boas, exceto a do pecado. Também eu algum tempo andei com fumaças de entrar na Câmara; mas não tinha recursos, nem alianças políticas; desisti do emprego. E assim foi bom. Sou antes especulativo que ativo; gosto de escrever política, não de fazer política. Cada qual como Deus o fez. O senhor, se sair a seu pai, é que há de ser ativo, e bem ativo. A coisa é para breve?

Não me respondeu nada; tinha os olhos fora dali. Mas logo depois, advertido pelo silêncio:

— O quê? Ah, não é para já; estou arranjando as coisas. Estive com alguns amigos de papai, e parece que há furo. Como sabe há muitos desgostos contra o Regente... Se o imperador já tivesse a idade da Constituição é que era bom: ia-se embora o Regente e o resto... Pois é verdade, creio que sim... Entretanto, nunca tinha pensado nisto seriamente; mas as coisas são assim mesmo... Que acha?

— Acho que faz bem.

— Em todo caso, peço-lhe segredo; não diga nada a mamãe.

— Crê que ela se oponha?

— Não; mas... pode ser que não se alcance nada, e para lhe não dar uma esperança que pode falhar... É só isto.

Era plausível a explicação; prometi-lhe não dizer nada. Creio que falamos ainda de política, e da política daqueles últimos dez anos, que não era pouca, nem plácida. Félix não tinha certamente um plano de ideias, e apreciações originais; através das palavras dele, apalpava eu as fórmulas e os juízos do círculo ou das pessoas com quem ele lidava para o fim de encetar a carreira. Agora, a particularidade dele era ter a clareza e retidão de espírito precisas para só recolher do que ouvia a parte sã e justa, ou, pelo menos, a porção moderada. Nunca andaria nos extremos, qualquer que fosse o seu partido.

— Trabalhou muito hoje? — perguntou-me ele quando nos preparávamos para jantar.

— Pouco; tive uma visita.

— Mamãe?

— Não; outra pessoa, Lalau, não é assim que lhe chamam? Esteve aqui uma meia hora. Podia estar três ou quatro horas que eu não me dava por isso. Muito engraçada!

— Mamãe gosta muito dela — disse ele.

— Todos devem gostar dela; não é só engraçada, é boa, tem muito bom coração. Digo-lhe que pus de lado o Imperador, os Andradas, o Sete de Abril, pus tudo de lado só para ouvi-la falar. Tem coisas de criança, mas não é criança.

— Muito inteligente, não acha?

— Muito.

— De que falaram?

— De mil coisas, talvez duas mil; com ela é difícil contar os assuntos; vai de um para outro com tal rapidez que, se a gente não toma cuidado, cai no caminho. Sabe que ideia tive aqui, olhando para ela?

— Que foi?

— Casá-la.

— Casá-la? — perguntou ele vivamente.

— Casá-la eu mesmo; ser eu o padre que a unisse ao escolhido do seu coração, quando ela o tivesse...

Félix não disse nada, sorriu acanhadamente, e, pela primeira vez, suspeitei que as intenções do rapaz podiam ser mui outras das que lhe supunha até então, que haveria nele, porventura, em vez de um marido, um sedutor. Não alcanço exprimir como me doeu esta suposição. Ia tanto para a moça, que era já como se fosse minha irmã, o meu próprio sangue, que um estranho ia corromper e prostituir. Quis continuar a falar, para escrutar-lhe bem a alma; não pude, ele esquivou-se, e fiquei outra vez só. Nesse dia, retirei-me um pouco mais cedo. D. Antônia achou-me preocupado, eu disse-lhe que tinha dor de cabeça.

As pessoas de meu temperamento entender-me-ão. Bastou que uma ideia se me afigurasse possível para que eu a acreditasse certa. Vi a menina perdida. Não houvera ali uma agregada, seduzida em 1835 por um saltimbanco, como me dissera D. Antônia? Agora não seria um saltimbanco, mas o próprio filho da dona da casa. E assim explicou-se-me a teima de D. Antônia em arredar o filho do Rio de Janeiro, comparada com a afeição que tinha à menina. Refleti na distância social que os separava: Lalau era admitida na intimidade da família, mas o rapaz, filho de ministro e aspirante a ministro, e mais que tudo filho de casa-grande, tendo herdado o sangue do bisavô, tão orgulhoso nas veias da mãe, reservar-se-ia para algum casamento de outra laia. Como, porém, ela era bonita, e a natureza tem leis diferentes da sociedade, e não menos imperiosas, Félix achara um modo de conciliar umas e outras, amando sem casar.

Tudo isso, que fica aí em resumo, foram as minhas reflexões do resto do dia, e de uma parte da noite. Estava irritado contra o rapaz, temia por ela, e não atinava com o que cumpria fazer. Pareceu-me até que não devia fazer nada, ninguém me dava direito de presumir intenções e intervir nos negócios particulares de uma família que, de mais a mais, enchia-me de obséquios. Isto era verdade; mas, como eu quero dizer tudo, direi um segredo de consciência. Entre a verdade daquele conceito e o impulso de meu próprio coração, introduzi um princípio religioso, e disse a mim mesmo que era a caridade que me obrigava, que no Evangelho acharia um motivo anterior e superior a todas as convenções humanas. Esta dissimulação de mim para mim podia calá-la agora, que os acontecimentos lá vão, mas não daria uma parte da história que estou narrando, nem a explicaria bem.

Lalau não me saía da cabeça; as palavras dela, suas maneiras, ingenuidade e lágrimas acudiram-me em tropel à memória, e davam-me força para tentar dominar a situação e desviar o curso dos acontecimentos. No dia seguinte de manhã, quis rir de mim mesmo e dos meus planos de D. Quixote, remédio heroico, porque é tal a risada do apupo que ninguém a tolera ainda em si mesmo; mas não consegui nada. A consciência ficou séria, e a contração do riso desmanchou-se diante da sua impassibilidade. Compus cinco ou seis planos diferentes, alguns absurdos. O melhor deles era avisar a tia da menina; mas rejeitei-o logo por achá-lo odioso. Em verdade, ia dissolver laços íntimos, a título de uma suspeita, que apenas podia explicar a mim mesmo. E, se era odioso, não era menos imprudente; podia supor-se que eu cedia a um sentimento pessoal e reprovado. Rejeitei da vista esta segunda razão, mas atirei-me à primeira, e dei de mão ao plano.

O melhor de tudo, refleti finalmente, é observar e fazer o que puder, segundo as circunstâncias, mas de modo que evite estralada.

Tinha de ir almoçar com um padre italiano, no Hospício de Jerusalém, o mesmo que me falara da obra florentina, e me dera ocasião de brilhar na Casa

Velha. Fui almoçar; no fim do almoço, apareceu lá um recém-chegado, um missionário que vinha das partes da China e do Japão, e trazia muitas relíquias preciosas. Convidaram-me a vê-las. O missionário era lento na ação e derramado nas palavras, de modo que despendemos naquilo um tempo infinito, e saí de lá tão tarde que não pude ir nesse dia à Casa Velha. De noite, constipei-me, apanhei uma febre, e fiquei cinco dias de cama.

Estava prestes a deixar a cama, quando o Félix me apareceu em casa, pedindo desculpa de não ter vindo mais cedo, porque só na véspera soubera da minha doença. Trouxe-me visitas da mãe e de Lalau.

— Isto não é nada — disse-lhe eu —; e se quer que lhe confesse, até foi bom adoecer para descansar um pouco.

— Virgem Maria! Não diga isso.

— Digo, digo. E não só para descansar, mas até para refletir. Doente, que não lê nem conversa, nem faz nada, pensa. Eu vivo só, com o preto que o senhor viu. Vem aqui um ou outro amigo, raro; passo as horas solitárias, olhando para as paredes, e a cabeça...

— A culpa é sua — interrompeu-me ele —; podia ter ido para a nossa casa, logo que se sentiu incomodado. É o que devia ter feito. Não imagina mamãe como ficou cuidadosa, quando soube que o senhor estava de cama. Queria que eu viesse ontem mesmo, de noite, visitá-lo; eu é que disse que podia estar acomodado, e a visita seria antes uma importunação. E a sua amiguinha!

— Lalau?

— Ficou branca como uma cera, quando ouviu a notícia; e pediu-me muito que lhe trouxesse lembranças dela, que lhe desse conselho de não fazer imprudências, de não apanhar chuva, nem ar, nem nada, para não recair, que as recaídas são piores... Veja lá, se, em vez de se meter na cama, aqui em casa, tivesse ido para a nossa Casa Velha, lá teria duas enfermeiras de truz, e um leitor, como eu, para lhe ler tudo o que quisesse.

— Obrigado, obrigado; agradeço a todos, tanto a elas como ao senhor. Ficará para a outra moléstia. E, na verdade, é possível que então não pensasse em nada...

— Justo.

— ...Nem em ninguém. Ah, então Lalau disse isso? Foi exatamente nela que estive pensando.

— Como assim?

Ouvi passos e vozes na sala; era o meu preto que trazia um padre a visitar-me. Noutra ocasião, é possível que o Félix se despedisse e cedesse o lugar ao padre; mas a curiosidade valeu aqui ainda mais do que a afeição, e ele ficou. O padre esteve poucos minutos, dez ou vinte, não me lembra, dando-me algumas notícias eclesiásticas, contando anedotas de sacristia, que o Félix escutou com grande interesse, talvez aparente, para justificar a demora. Afinal, saiu, e ficamos outra vez sós. Não lhe falei logo de Lalau; foi ele mesmo que, depois de alguns farrapos de conversação, ditos soltos, reparos sem valor, me perguntou o que é que pensara dela. Eu, que os espreitava de longe, acudi à pergunta.

— Estive pensando que essa moça é superior à sua condição — disse eu. — A Sra. D. Antônia falou-me de outra agregada, que, há quatro anos, foi ali seduzida por um saltimbanco. Não creio que esta faça a mesma coisa, porque, apesar da idade e do ar pueril, acho-lhe muito juízo; creio antes que escolherá marido, e viverá honestamente. Mas é aqui o ponto. O marido que ela escolher pode bem ser da mesma condição que ela, mas muito inferior moralmente, e será um mau casamento.

Félix dividia os olhos entre mim e a ponta do sapato. Quando acabei, achou-me razão.

— Não lhe parece? — perguntei.

— Decerto.

— Bem sei que é esquisito meter-me assim em coisas alheias...

— Nada é alheio para um bom padre como o senhor — disse ele com gravidade.

— Obrigado. Confesso-lhe, porém, que essa moça excitou a minha piedade. Já lhe disse: tem coisas de criança, mas não é criança. Entregá-la a um homem vulgar, que não a entenda, é fazê-la padecer. Não sei se a Sra. D. Antônia fez bem em apurar tanto a educação que lhe deu, e os hábitos em que a fez educar; não porque ela não se acomode a tudo, como um bom coração que é, mas porque, apesar disso, há de custar-lhe muito baixar a outra vida. Olhe que não é censurar...

— Pelo amor de Deus! sei o que é. Pensa que eu não estou com a sua opinião? Estou e muito. Mamãe é que pode ser que não esteja conosco. Já tem pensado em várias pessoas, segundo me consta, e de uma delas chegou a falar-me; era o Vitorino, filho do segeiro que nos conserta as carruagens. Ora veja!

— Não conheço o Vitorino.

— Mas pode imaginá-lo.

Olhei para ele um instante. Pareceu-me que estava de boa-fé; mas era possível que não, e cumpria arrancar-lhe a verdade. Inclinei-me, e disse que já tinha um noivo em vista, muito superior ao Vitorino.

— Quem é? — perguntou ele inquieto.

— O senhor.

Félix teve um sobressalto, e ficou muito vermelho.

— Desculpe-me se lhe digo isto, mas é a minha opinião e não vale mais que opinião. Há grande diferença social entre um e outro, mas a natureza, assim como a sociedade a corrige, também, às vezes, corrige a sociedade. Compensações que Deus dá. Acho-os dignos um do outro; os sentimentos dela e os seus são da mesma espécie. Ela é inteligente, e o que lhe poderia faltar em educação já sua mãe lho deu. Teria alguma dúvida em casar com ela?

Félix estendeu-me a mão.

— Não lhe nego nada, o senhor já adivinhou tudo — disse ele. E continuou, depois de haver-me apertado a mão: — Que dúvida poderia ter? Ela merece um bom marido, e eu acho que não seria de todo mau. Resta ainda um ponto.

— Que ponto?

Hesitou um instante, bateu com a mão nos joelhos duas ou três vezes, olhando para mim, como querendo adivinhar as minhas intenções.

— Resta mamãe — disse finalmente.

— Opõe-se?

— Creio que sim.

— Mas não é certo.

— Há de ser certo. Digo-lhe tudo, como se falasse a um amigo velho de nossa casa. Mamãe percebeu, como o senhor, que nós gostamos um do outro, e opõe-se. Não o disse ainda francamente, mas sinto que, em caso nenhum, consentirá no nosso casamento. Esse Vitorino é um candidato inventado para separá-la de mim; e assim outros em que sei que já pensou. Estou que Lalau resistirá, mas temo que não seja por muito tempo... Não se lembra que mamãe já lhe pediu uma vez para levar-me à Europa? Era com o mesmo fim de afastar-me, distrair-me, e casá-la.

— Acha isso?

— Com certeza.

— Como explica então que ela continue a ter tanto amor à pequena?

— O senhor não conhece mamãe. É um coração de pomba, e gosta dela como se fosse sua filha. Mas coração é uma coisa, e cabeça é outra. Mamãe é muito orgulhosa em coisas de família. Seria capaz de velar uma semana ou duas, à cabeceira de Lalau, se a visse doente; mas não consentiria em casá-la comigo. São coisas diferentes.

— Devia ser isso mesmo — repliquei alguns instantes depois. E murmurei baixinho as palavras que ela ouvira ao avô, no tempo do rei, e repetira mais tarde no paço: "Uma Quintanilha não treme nunca!"

— Nem treme, nem desce — concluiu o rapaz sorrindo. — É o sentimento de mamãe.

— Seja como for, nada está perdido; cuido que arranjaremos tudo. Deixe o negócio por minha conta.

Tinha o plano feito. Se houvesse reconhecido que as intenções dele eram impuras, ajudaria a mãe e trataria de casar a menina com outro. Sabendo que não, ia ter com a mãe para arrancar-lhe o consentimento em favor do filho. Três dias depois, voltando à Casa Velha, achei nos olhos de Lalau alguma coisa mais particular que a alegria da amiga, achei a comoção da namorada. Era natural que ele lhe tivesse contado a minha promessa. Não lho perguntei; mas disse-lhe rindo que parecia ter visto passarinho verde. Toda a alma subiu-lhe ao rosto, e a moça respondeu com ingenuidade, apertando-me a mão:

— Vi.

Não explico a sensação que tive; lembra-me que foi de incômodo. Essa palavra súbita, cordial e franca, encerrando todas as energias do amor, lacerou-me as orelhas como uma sílaba aguda que era. Que outra esperava, e que outra queria, senão essa? Não a pedira, não vinha interceder por um e por outro? Criatura espiritual e neutra, cabia-me tão somente alegrar-me com a declaração da moça, aprová-la, e santificá-la ante Deus e os homens. Que incômodo era então esse? Que sentimento espúrio vinha mesclar-se à minha caridade? Que contradição? Que mistério? Todas essas interrogações surgiram do fundo de minha consciência, não assim formuladas, com a sintaxe da reflexão remota e fria, mas sem liame algum, vagas, tortas e obscuras.

IV

Já se terá entendido a realidade. Também eu amava a menina. Como era padre, e nada me fazia pensar em semelhante coisa, o amor insinuou-se-me no coração à maneira das cobras, e só lhe senti a presença pela dentada do ciúme. A confissão dele não me fez mal; a dela é que me doeu e me descobriu a mim mesmo. Deste modo, a causa íntima da proteção que eu dava à pobre moça era, sem o saber, um sentimento especial. Onde eles viam um simples protetor gratuito existia um homem que, impedido de a amar na terra, procurava ao menos fazê-la feliz com outro. A consciência vaga de um tal estado deu-me ainda mais força para tentar tudo.

V

Falei a D. Antônia no dia seguinte. Estava disposto a pedir-lhe uma conversação particular, mas foi ela mesma que veio ter comigo, dizendo que durante a minha moléstia tinha acabado umas alfaias, e queria ouvir a minha opinião; estavam na sacristia. Enquanto atravessávamos a sala e um dos corredores que ficavam ao lado do pátio central, ia-lhe eu falando, sem que ela me prestasse grande atenção. Subimos os três degraus que davam para uma vasta sala calçada de pedra, e abobadada. Ao fundo havia uma grande porta, que levava ao terreiro e à chácara; à direita ficava a da sacristia, à esquerda outra, destinada a um ou mais aposentos, não sei bem.

Naquela sala achamos Lalau e o sineiro, este sentado, ela de pé.

O sineiro era um preto velho e doido. Não fazia mais que tocar o sino da capela, para a missa, aos domingos. O resto do tempo vivia calado ou resmungando. Ninguém lhe falava, embora fosse manso. Lalau era a única, entre todos, parentes, agregados ou fâmulos, que ia conversar com ele, interrogá-lo, escutá-lo, pedir-lhe histórias. E ele contava-lhe histórias — muito compridas, sem sentido algumas, outras quase sem nexo, reminiscências vagas e embrulhadas, ou sugestões do delírio.

Era curioso vê-los. Lalau perdia a inquietação; ficava séria e tranquila, durante dez, quinze, vinte minutos, a escutá-lo. O Gira (nunca lhe conheci outro nome) alegrava-se ao vê-la. Com a razão, perdera a convivência dos mais. Vivia entregue aos pensamentos solitários, mergulhado na inconsciência e na solidão. A moça representava aos olhos dele alguma coisa mais do que uma simples criatura, era a sociedade humana, e uma sombra de sombra da consciência antiga. Ela, que o sentia, dava-lhe essa curta emersão do abismo, e uma ou duas vezes por semana ia conversar com ele.

D. Antônia parou. Não contava com a moça ali, ao pé da porta da sacristia, e queria falar-me em particular, como se vai ver. Compreendi-o logo pelo desagrado do gesto, como já suspeitara alguma coisa ao vê-la preocupada. No momento em que chegávamos, Lalau perguntou ao Gira:

— E depois, e depois?

— Depois, o rei pegou gavião, e gavião cantou.

— Gavião canta?

— Gavião? Uê, gente! Gavião cantou: Calunga, mussanga, monandenguê... Calunga, mussanga, monandenguê... Calunga...

E o preto dava ao corpo umas sacudidelas para acompanhar a toada africana. Olhei para Lalau. Ela, que ria de tudo, não se ria daquilo, parecia ter no rosto uma expressão de grande piedade. Voltei-me para D. Antônia; esta, depois de hesitar um pouco, deliberou entrar na sacristia, cuja porta estava aberta. Lalau tinha-nos visto, sorriu para nós e continuou a falar com o Gira. D. Antônia e eu entramos.

Sobre a cômoda da sacristia estavam as tais alfaias. D. Antônia disse ao preto sacristão que fosse ajudar a descarregar o carro que chegara da roça, e lá a esperasse. Ficamos sós; mostrou-me duas alvas e duas sobrepelizes; depois, sem transição, disse-me que precisava de mim para um grande obséquio. Soube na véspera que o filho andava com ideias de ser deputado; pedia-me duas coisas, a primeira é que o dissuadisse.

— Mas por quê? — disse-lhe eu. — A política foi a carreira do pai, é a carreira principal no Brasil...

— Vá que seja; mas, Reverendíssimo, ele não tem jeito para política.

— Quem lhe disse que não? Pode ser que tenha. No trabalho é que se conhece o trabalhador; em todo caso — deixe-me falar com franqueza — acho bom da sua parte que procure empregar a atividade em alguma coisa exterior.

D. Antônia sentou-se, e apontou-me para outra cadeira. Ficamos ambos ao pé de uma larga janela, que dava para o terreiro. Sentada, declarou que concordava comigo na necessidade que apontara, mas ia então ao segundo obséquio, que não era novo; é que o levasse para a Europa. Depois da Europa, com mais alguns anos e experiência das coisas, pode ser que viesse a ser útil ao seu país...

Interrompi-a nesse ponto. Ela esperou; eu, depois de fitá-la por alguns instantes, disse-lhe que a viagem, com efeito, podia ser útil, mas que os costumes do moço eram tão caseiros que dificilmente se ajustariam às peregrinações; salvo se adotássemos um meio-termo: enviá-lo casado.

— Não se arranja uma noiva como um simples baú de viagem — disse ela.

— Está arranjada.

D. Antônia estremeceu.

— Está aqui perto; é a sua boa amiga e pupila.

— Quem? Lalau? Está caçoando. Lalau e meu filho? Vossa Reverendíssima está brincando comigo. Não vê que não é possível? Casá-los assim como um remédio? Falemos de outra coisa.

— Não, minha senhora, falemos disso mesmo.

D. Antônia, que dirigira os olhos para outro lado, quando proferiu as últimas palavras, levantou a cabeça de súbito, ao ouvir o que lhe disse. Creio que, depois da morte do marido, era a primeira pessoa que lhe fazia frente. Olhou-me espantada. Estava tão acostumada a governar ali, naquele mundo insulado, sem contraste nem advertência, que não podia crer em seus ouvidos. O Padre Mascarenhas dissera-lhe uma vez, ao almoço, que ela era a imperatriz da Casa Velha, e D. Antônia sorriu lisonjeada, com a ideia de ser imperatriz em algum ponto da terra. Não batia com o cetro em ninguém, mas estimava saber que lho reconheciam.

Pela minha parte, curvei-me respeitoso, mas insisti que falássemos daquele mesmo assunto, para resolvê-lo de uma vez.

— Resolver o quê? — perguntou ela alçando desdenhosamente o lábio superior.

— Não percamos tempo em dizer coisas sabidas de nós ambos — continuei. — Eles gostam um do outro. Esta é a verdade pura. Resta saber se poderão casar, e é aqui que não acho nem presumo nenhuma razão que se oponha. Não falo de seu filho, que é um moço digno a todos os respeitos. Falemos dela. Diga-me o que é que lhe acha?

Não quis responder; eu continuei o que dizia, lembrei a educação que ela lhe dera, o amor que lhe tinha, e principalmente falei das virtudes da moça, da delicadeza dos seus sentimentos, e da distinção natural, que supria o nascimento. Perguntei-lhe se, em verdade, acreditava que o Vitorino, filho do segeiro... D. Antônia estremeceu.

— Vejo que está informado de tudo — disse ela depois de um breve instante de silêncio. — Conspiram contra mim. Bem; que quer de mim Vossa Reverendíssima? Que meu filho case com Lalau? Não pode ser.

— E por que não pode ser?

— Realmente, não sei que ideias entraram por aqui depois de 31. São ainda lembranças do Padre Feijó. Parece mesmo achaque de padres. Quer ouvir por que razão não podem casar? Porque não podem. Não lhe nego nada a respeito dela; é muito boa menina, dei-lhe a educação que pude, não sei se mais do que convinha, mas, enfim, está criada e pronta para fazer a felicidade de algum homem. Que mais há de ser? Nós não vivemos no mundo da lua, Reverendíssimo. Meu filho é meu filho, e, além desta razão, que é forte, precisa de alguma aliança de família. Isto não é novela de príncipes que acabam casando com roceiras, ou de princesas encantadas. Faça-me o favor de dizer com que cara daria eu semelhante notícia aos nossos parentes de Minas e de São Paulo?

— Pode ser que a senhora tenha razão; é achaque de padre, é achaque até de Nosso Senhor Jesus Cristo, que nasceu nas palhas...

— Sim, senhor; mas, nesse caso, que mal há em casar com o Vitorino? Filho de segeiro não é gente? Diga-me! Para que ela case com meu filho, Nosso Senhor nasceu nas palhas; mas para que case com o Vitorino, já não é a mesma coisa... Diga-me!

— Mas, Sra. D. Antônia...

— Qual! — disse ela levantando-se, e indo até a porta que dava para a capela, e depois à outra de entrada da sacristia; espiou se nos ouviam, e voltou.

Voltando, deu alguns passos sem dizer nada, indo e vindo, desde a porta até a parede do fundo, onde pendia uma imagem de Nossa Senhora, com uma coroa de ouro na cabeça, e estrela de ouro no manto. D. Antônia fitou durante alguns momentos a imagem como para defender-se a si mesma. A Virgem coroada, rainha e triunfante, era para ela a legítima deidade católica, não a Virgem foragida e caída nas palhas de um estábulo. Estava como até então não a tinha visto. Geralmente, era plácida e alguma vez impassível; agora, porém, mostrava-se ríspida e inquieta, como se a natureza rompesse as malhas do costume. A pupila abrasava-se de uma flama nova; os movimentos eram súbitos e não sei se desconcertados entre si. Eu, da minha cadeira, ia-a acompanhando com os olhos, a princípio arrependido de ter falado, mas vencendo logo depois esse sentimento de desânimo, e disposto a ir ao fim. Ao cabo de poucos minutos, D. Antônia parou diante de mim. Quis levantar-me; ela pôs-me a mão no ombro, para que ficasse, e abanou a cabeça com um ar de censura amiga.

— Para que me falou nisso? — perguntou logo depois com doçura. — Conheço que fala por ser amigo de um e de outro, e da nossa casa...

— Pode crer, pode crer.

— Creio, sim. Então eu não vejo as coisas? Tenho notado que é amigo nosso. Ela, principalmente, parece tê-lo enfeitiçado... Não precisa ficar vermelho; as moças também enfeitiçam os padres, quando querem que eles as casem com os escolhidos do coração delas. Que ela merece, é verdade; mas daí a casar é muito. Venha cá — prosseguiu ela sentando-se —, vamos fazer um acordo. Eu cedo alguma coisa, o senhor cede também, e acharemos um modo de combinar tudo. Confesso-lhe um pecado. A escolha do Vitorino era filha de um mau sentimento; era um modo, não só de os separar, mas até de a castigar um pouco. Perdoe-me, Reverendíssimo; cedi ao meu orgulho ofendido. Mas deixemos o Vitorino; convenho que não é digno dela. É bom rapaz, mas não está no mesmo grau de educação que dei a Lalau. Vamos a outro; podemos arranjar-lhe empregado do foro, ou mesmo pessoa de negócio... Em todo caso, não seja contra mim; ajude-me antes a arranjar esta dificuldade que surgiu aqui em casa...

— Desde quando?

— Sei lá! desde meses. Desconfiei que se namoravam, e tenho feito o que posso, mas vejo que não posso muito.

— Entretanto, continua a recebê-la?

— Sim, para vigiá-la. Antes a quero aqui que fora daqui.

— Não é então porque a estima?

— É também porque a estimo. Infelizmente, porque a estimo. Quem lhe disse que não gosto dela, e muito? Mas meu filho é outra coisa, entrar na família é que não.

D. Antônia tirou o lenço do bolso, para esfregar as mãos, tornou a guardá-lo, e reclinou-se na cadeira, enquanto eu lhe fui respondendo. Conquanto fosse muito mais baixa que eu, dera um jeito tão superior na cabeça que parecia olhar de cima.

Fui respondendo o que podia e cabia, com boas palavras, mostrando em primeiro lugar a inconveniência de os deixar namorados e separados: era fazê-los pecar ou padecer. Disse-lhe que o filho era tenaz, que a moça provavelmente não teimaria em desposá-lo, sabendo que era desagradável à sua benfeitora, mas também podia dar-se que o desdém a irritasse, e que a certeza de dominar o coração de Félix lhe sugerisse a ideia de o roubar à mãe.

Acrescia a educação, ponto em que insisti, a educação e a vida que levava, e que lhe tornariam doloroso passar às mãos de criatura inferior. Finalmente — e aqui sorri para lhe pedir perdão —, finalmente, era mulher, e a vaidade, insuportável nos homens, era na mulher um pecado tanto pior quanto lhe ficava bem; Lalau não seria uma exceção do sexo. Herdar com o marido o prestígio de que gozava a Casa Velha acabaria por lhe dar força e fazê-la lutar. Aqui parei; D. Antônia não me respondeu nada, olhava para o chão.

Como estávamos de costas para a janela, e ficássemos calados algum tempo, fomos acordados do silêncio pela voz de Lalau, que vinha do lado do terreiro. Voltamos a cabeça; vimos a moça repreen-dendo a dois moleques, crias da casa, que puxavam pela casaca ao sineiro, uma velha casaca que o Félix lhe dera alguns dias antes. O sineiro, resmungando sempre, atravessou o terreiro, tomou à direita para o lado da frente da capela, e desapareceu; Lalau pegou na gola da camisa de uma das crias e na orelha da outra, e impediu que elas fossem atrás do pobre-diabo.

Olhei para D. Antônia, a fim de ver que impressão lhe dera o ato da moça. Mal começava a fitá-la, reparei que franzia a testa, não sei até se empalidecia; tornando a olhar para fora, tive explicação do abalo. Vi o filho de D. Antônia ao pé da moça; acabava de chegar ao grupo. Lalau explicava-lhe naturalmente a ocorrência; Félix escutava calado, sorrindo, gostando de vê-la assim compassiva, e afinal, quando ela acabou, inclinou-se para dizer alguma coisa aos moleques. Vimo-lo depois pegar em um destes, e aproximá-lo de si, enquanto a moça ficou com o segundo; e, posto esse pretexto entre eles, começaram a falar baixinho.

D. Antônia recuou depressa, para que não a vissem. Creio que era a primeira vez que eles lhe apresentavam semelhante quadro. Recuou, levantando-se, e foi para o lado da cômoda; eu continuei a observá-los. Não se podia ouvir-lhes nada, mas era claro que falavam de si mesmos. Às vezes, a boca interrompia os salmos, que ia dizendo, para deixar a antífona aos olhos; logo depois recitava o cântico. Era a eterna aleluia dos namorados.

Violentei-me, não tirei a vista do grupo; precisava matar em mim mesmo, pela contemplação objetiva da desesperança, qualquer má sugestão da carne. Olhei para os dois, adivinhei o que estariam dizendo, e, pior ainda, o que estariam calando, e que se lhes podia ler no rosto e nas maneiras. Lalau era agora mulher apenas, sem nenhuma das coisas de criança que a caracterizavam na vida de todas as horas. Com as mãos no ombro do moleque, ora fitava os olhos na carapinha deste, ouvindo somente as palavras de Félix; ora erguia-os para o moço, a fim de o mirar, calada ou falando. Ele é que olhava sempre para ela, atento e fixo.

Entretanto, D. Antônia aproximara-se outra vez da janela, por trás de mim, e de mais longe, confiada na obscuridade da sacristia. Voltei-me e disse-lhe que a nossa espionagem era de direito divino, que o próprio céu nos aparelhara aquela indiscrição. D. Antônia, em geral avessa às sutilezas do pensamento, menos que nunca podia agora penetrá-las; pode ser até que nem me ouvisse. Continuou a olhar para os dois, ansiosa de os perceber, aterrada de os adivinhar.

— Uma coisa há de conceder — disse-lhe eu —, há de conceder que eles parecem ter nascido um para o outro. Olhe como se falam. Veja os modos dela, a dignidade, e ao mesmo tempo a doçura; ele parece até que quer fazer esquecer que é o herdeiro da casa. Não sei até se lhe diga uma coisa; digo se me consentir...

D. Antônia voltou os olhos a mim com um ar interrogativo e complacente.

— Digo-lhe que, se alguém trocasse os papéis, e a desse como sua filha, e a ele como o advogado da casa, ninguém poria nenhuma objeção.

D. Antônia afastou-se da janela, sem dizer nada; depois tornou a ela, curiosa, interrogando a fisionomia dos dois. No fim de alguns minutos, não tendo esquecido as minhas últimas palavras, redarguiu com ironia e tristeza:

— Advogado? Creio que é muito; diga logo cocheiro.

Fiz um gesto de pesar. E pedi-lhe que me desculpasse o estilo pitoresco da conversação; não queria dizer senão que a dignidade da moça fá-la-ia supor dona da casa, ao passo que as maneiras respeitosas dele, que tão bem lhe iam, poderiam fazê-lo crer outra coisa; mas outra coisa, educada, notasse bem. D. Antônia ouviu-me distraída e inquieta, olhando para fora e para dentro; e quando, afinal, os dois separaram-se, indo ele para o lado da frente da capela, que comunicava com o caminho público, e ela para a parte oposta, a fim de entrar em casa, D. Antônia sentou-se na cadeira em que estivera antes, e respirou à larga. Abanou a cabeça duas ou três vezes, e disse-me sem olhar para mim:

— Não tenho do que me queixar; a culpa é toda minha.

De repente, voltou a cabeça para o meu lado e fitou-me. Tinha as feições um tanto alteradas, como que iluminadas, e esperei que me dissesse alguma coisa, mas não disse. Olhou, olhou, recompôs a fisionomia e levantou-se.

— Vamos.

Não obedeci logo; imaginei que ela acabava de achar algum estratagema para cumprir a sua vontade, e confessei-lho sem rebuço, porque a situação não comportava já dissimular. D. Antônia respondeu que não, não achara nem buscara nada, e convidou-me a sair. Insisti no receio, acrescentando que, se cogitava dar um golpe, melhor seria avisar-me, para que os dissuadisse, e não fossem eles apanhados de supetão. D. Antônia ouviu sem interromper, e não replicou logo, mas daí a alguns segundos, com palavras não claras e seguidas, senão ínvias e dúbias. Contava comigo ao lado dela, desde que soubesse a verdade... mas que a apoiasse já... depois... então...

— A verdade? — repeti eu. — Que verdade?

— Vamos embora.

— Diga-me tudo, a ocasião é a única, estamos perto de Deus...

D. Antônia estremeceu ouvindo esta palavra, e deu-se pressa em sair da sacristia; levantei-me e saí também. Achei-a a dois passos da porta, disse-me que ia ver os aposentos fronteiros, porque contava com hóspedes da roça, e foi andando; eu desci os degraus de pedra, atravessei o pátio da cisterna, e recolhi-me à biblioteca. Recolhi-me alvoroçado. Que verdade seria aquela, anunciada a fugir, tal verdade que faria trocar de papel, desde que eu a conhecesse? Cumpria arrancar-lha, e a melhor ocasião ia perdida.

VI

No dia seguinte fui mais cedo para a Casa Velha, a fim de chegar antes dos hóspedes que D. Antônia esperava da roça, mas já os achei lá; tinham chegado na véspera, às ave-marias. Um deles, o Coronel Raimundo, estava na varanda da frente, conheceu-me logo, e veio a mim para saber como ia a história de Pedro I. Sem esperar pela resposta, disse que podia dar-me boas informações... Conhecera muito o imperador. Assistira à dissolução da Constituinte, por sinal que estava nas galerias, durante a sessão permanente, e ouvira os discursos do Montezuma e dos outros, comendo pão e queijo, à noite, comprados na rua da Cadeia; uma noite dos diabos.

— Vossa Reverendíssima vai escrever tudo?

— Tudo o que souber.

— Pois eu lhe direi alguma coisa.

Começamos a passear ao longo da varanda grande. Egoísmo de letrado! A esperança de alguns documentos e anedotas para o meu livro pôs de lado a principal questão daqueles dias; entreguei-me à conversação do coronel. Já sabemos que era parente da casa; era irmão de um cunhado do marido de D. Antônia, e fora muito amigo e familiar deles. Falamos cerca de meia hora; contou-me muita coisa do tempo, algumas delas arrancadas por mim, porque ele nem sempre via a utilidade de um episódio.

— Oh, isso não tem interesse!

— Mas diga, diga, pode ser — insistia eu.

Então ele contava o que era, uma visita, uma conversa, um dito, que eu recolhia de cabeça, para transpô-lo ao papel, como fiz algumas horas depois. Raimundo foi-se sentindo lisonjeado com a ideia de que eu ia imprimir o que me estava contando, e desceu a minúcias insignificantes, casos velhos, e finalmente às anedotas dele mesmo, e às partes da sua vida militar.

— Nhãtônia — disse ele vendo entrar a parenta na varanda —, este seu padre sabe onde tem a cabeça.

D. Antônia fez um gesto afirmativo e seco, mas logo depois, para me não molestar, redarguiu sorrindo que sim, que tanto sabia onde tinha a cabeça como o coração. Lalau e as duas filhas do coronel vieram de fora, veio de dentro uma senhora idosa, arrastando um pouco os pés, e dando o braço a uma moça alta e fina.

— Ande para aqui, baronesa — disse-lhe D. Antônia.

Apresentaram-me às duas damas. Soube que a baronesa era avó da moça que a acompanhava. Eram esperadas do Pati do Alferes dez ou doze dias depois; mas vieram antes para assistir à festa da Glória. Foi o que me constou ali mesmo pela conversação dos primeiros minutos. A baronesa sentara-se de costas para uma das colunas, na cadeira rasa que lhe deram, ajudada pela neta, que a acomodou minuciosamente. Observei-a por alguns instantes. Os dois cachos brancos e grossos, pelas faces abaixo, eram da mesma cor da touca de cambraia e rendas; os olhos eram castanhos e não inteiramente apagados; lá tinham seus momentos de fulgor, principalmente se ela falava em política.

— Sinhazinha, o livro? — perguntou ela à neta.

— Está aqui, vovó.

— É o mesmo da outra vez, Nhãtônia?

Era a mesma novela que lera quando ali esteve um ano antes, e queria reler agora: era o *Saint Clair das ilhas ou os desterrados na Ilha da Barra.* Meteu a mão no bolso e tirou os óculos, depois a caixa de rapé, e pôs tudo no regaço. Raimundo, passeando a mão pela barba, disse rindo:

— Bem, as senhoras vão conversar e nós vamos a um solo. Valeu, Reverendíssimo?

Fiz um gesto de complacência.

— Félix é um parceirão, e Nhãtônia também; mas vamos só os três. Nunca jogou com o Félix? Vai ver o que ele é, fino como trinta diabos; lá na roça dá pancada em todo mundo. Aquilo saiu ao pai. Se algum dia entrar na Câmara, creia que há de fazer um figurão, como o pai, e talvez mais. E olhe que acho tudo pouco para dar em terra com a tal Regência do Sr. Pedro de Araújo Lima...

— Lá vem o coronel com as suas ideias extravagantes — acudiu a velha baronesa, abrindo a caixa de rapé, e oferecendo-me uma pitada, que recusei. — Acha que o Araújo Lima vai mal? Preferia o seu amigo Feijó?

Raimundo replicou, ela treplicou, enquanto eu voltava a atenção para Sinhazinha, que, depois de ter acomodado a avó, fora sentar-se com as outras moças.

Sinhazinha era o oposto de Lalau. Maneiras pausadas, atitudes longamente quietas; não tinha nos olhos a mesma vida derramada que abrangia todas as coisas e recantos, como os olhos da outra. Bonita era, e a elevação do talhe delgado dava-lhe um ar superior a todas as demais senhoras ali presentes, que eram medianas ou baixinhas, com exceção de Lalau, que ainda assim era menos alta que ela. Mas essa mesma superioridade era diminuída pela modéstia da pessoa, cujo acanhamento, se era natural, aperfeiçoara-se na roça. Não olhou para mim quando chegou, nem ainda depois de sentar-se.

Usava as pálpebras caídas, ou, quando muito, levantava-as para fitar só a pessoa com quem ia falando. Como o pescoço era um tantinho alto demais, e a cabeça vivia ereta, aquele gesto podia parecer afetação... Os cabelos eram o encanto da avó, que dizia que a neta era a sua alemã, porque eles tendiam a ruivo; mas, além de ruivos, eram crespos, e, penteados e atados ao desdém, davam-lhe muita graça.

Gastei nesse exame não mais de dois ou três minutos. Depois, indo a compará-la melhor com Lalau, vi que esta fazia igual exame sorrateiramente. Não era a primeira vez que a via, era a segunda ou terceira, desde que Sinhazinha perdera o pai e a mãe e viera do Rio Grande do Sul para a fazenda da avó; não a viu no ano anterior, quando ela ali esteve, e cuido que lhe achava alguma diferença para melhor.

— Reverendíssimo, vamos? — disse-me o coronel, acabando de replicar à baronesa.

— Já, já. Onde está o parceiro?

— Havemos de achá-lo. Nhãtônia, ele terá saído?

D. Antônia respondeu negativamente. Estaria vendo as bestas, que vieram da roça, ou o cavalo que comprara na véspera. E descreveu o cavalo, a pedido do coronel, chegando-se ao mesmo tempo para o lado da Sinhazinha. Chegando a esta parou, pôs-lhe uma das mãos na cabeça, e com a outra levantou-lhe o queixo, para mirá-la de cima.

— Ai, Nhãtônia! — disse a moça. — Está me afogando.

D. Antônia fez-lhe uma careta de escárnio, inclinou-se e beijou-lhe a testa com tanta ternura, que me deu ciúmes pela outra. E sentou-se entre elas todas, e todas lhe fizeram grande festa. Raimundo calara-se para mirar a cena, porque ele queria muito às filhas, e gostava de vê-las acariciadas também. Nisto, ouvimos passos na sala contígua, e daí a nada entrava na varanda o filho de D. Antônia.

— Ora, viva! — bradou o coronel. — Estávamos à espera de você para um solo.

— Vá, vá — acudiu a baronesa, levantando os olhos do livro. — O coronel está ansioso por jogar, e é uma fortuna, porque veio da roça insuportável, e não me deixa ler... Então você comprou um cavalo?

Curtos eventos, palavras sem interesse, ou apenas curiosas, que me não consolavam da interrupção a que era obrigado no cometimento voluntário que empreendera; mas, naquele dia, não foi essa a minha pior impressão. Fomos dali para a mesa do jogo, em uma sala que ficava do outro lado, ao pé da alcova do Félix. O coronel, contando os tentos, disse-nos que a baronesa estava com ideias de casar a neta, conquanto ainda não tivesse noivo; era uma ideia. Parece que sentia-se fraca, receava morrer sem vê-la casada; foi o que ele ouviu dizer aos Rosários de Iguaçu, que eram muito da intimidade dela, e até parentes. Depois, rindo para o Félix:

— Ali está um bom arranjo para você.

— Ora! — rosnou o rapaz.

— Ora quê? — retorquiu o coronel encarando-o, enquanto baralhava e dava as cartas. — Repito que era um bom arranjo; eu acho-a bem bonita, acho-a mesmo (tape os ouvidos, Reverendíssimo!), acho-a um *peixão*. O pai educou-a muito bem; e, depois, duas fazendas, pode-se até dizer três, mas uma delas tem andado para trás. Duas grandes fazendas, com setecentas cabeças, ou mais; terra de primeira qualidade; muita prata... Não há outro herdeiro...

— Solo! — interrompeu o moço.

Ambos passamos; ele jogou e perdeu. Não tinha jogo, foi um modo de interromper o discurso do parente. Mas o coronel era daqueles que não esquecem nada, e daí a pouco tornou ao assunto, para dizer que ele, apesar de achacado, se a moça quisesse, tomá-la-ia por esposa; e logo rejeitou a ideia. Não, não podia ser, estava um cangalho velho, não era mais quem dantes fora, no tempo do rei, e ainda depois. E vinha já uma aventura de 1815, quando o parente, em respeito a mim, disse-lhe que jogasse ou íamos embora...

Pela minha parte, estava aborrecido. A opinião do coronel, relativamente à conveniência de casar o parente com Sinhazinha, e as mostras de ternura de D. Antônia para com esta, fizeram-me crer que podia haver alguma coisa em esboço; mas, ainda que nada houvesse, Raimundo, expansivo como era, chegaria a insinuá-lo à parenta. Era uma solução. Ignoro se Félix também desconfiava a mesma coisa; é, todavia, certo que jogou distraído e calado — durante alguns minutos —, o que fez que o coronel nos dissesse de repente que estávamos no mundo da lua, que não viera da roça para ficar casmurro, e que, ou jogássemos ou ele ia às francesas da rua do Ouvidor.

Ainda uma vez, Félix atalhou a imaginação libertina do tio. Para desviá-lo dali, falou de outros atrativos, de um prestidigitador célebre, cujo nome enchia, então, a cidade, e que inteiramente me esqueceu, de bailes de máscaras e teatros. Contou-lhe o enredo dos dramas que andavam então em cena, e aludiu a certa farsa, que divertira muito o coronel, na última vez que viera da roça. Raimundo tinha a alma ingenuamente crédula para as ficções da poesia; ouvia-as como quem ouve a notícia de uma facada. Não era mau homem, e era excelente pai; disse logo que não perderia nada, e levaria ao teatro as suas candongas. Assim chamava às filhas.

Jogamos até perto da hora de jantar. Enquanto eles iam à cavalariça ver os animais chegados, dirigi-me para a sala principal, onde achei D. Mafalda, a tia da Lalau, que vinha buscá-la para ir com ela às novenas da Glória; a moça voltaria depois da festa. Pareceu-me que Lalau ia obedecer constrangida; e, por outro lado, não ouvi nenhuma objeção da parte de D. Antônia. Só estavam as três; as hóspedas da roça tinham-se recolhido por alguns instantes. Raimundo e Félix entraram pouco depois, o primeiro convidando-me a ir passear com ele e o sobrinho, a cavalo.

— Mas, se eu não sei montar...

— Não diga isso! Então vamos nós dois — continuou voltando-se para o sobrinho. — Vai Nhãtônia...

— Eu não.

— ...Vai Sinhazinha. Sinhazinha é cavaleira de truz.

Outra vez, este nome! A gente como eu, quando receia alguma coisa, faz derivar ou afluir para ela os mais alheios incidentes e as mais casuais circunstâncias. Fui acreditando que o coronel era efetivamente um desbravador, e a temer que o Félix não resistisse por muito tempo à oferta de uma noiva distinta e graciosa, e da riqueza que viria com ela. Olhei para ele; vi-o falando com a tia de Lalau.

— Valeu? — perguntou-lhe o coronel de longe.

— Hoje, não. Bem, amanhã, depois do almoço.

— A senhora não perde as novenas da Glória — disse Félix a Mafalda.

— É minha devoção antiga; e gosto de ir com Lalau, por causa da mãe, que também era muito devota de Nossa Senhora da Glória. Lembra-se, Nhãtônia? Mas deixe estar, no dia 16, estamos cá.

— Não — interrompeu Félix —, venham jantar no dia da Glória; venham de manhã. Temos missa na capela, e que diferença há entre a missa cantada e a rezada? Não é, Reverendíssimo?

Fiz um gesto de assentimento. D. Antônia, porém, mordeu o lábio inferior, e não teve tempo de intervir, porque a tia da moça concordou logo em trazê-la no dia 15 de manhã. Lalau agradeceu-lhe com os olhos. Não obstante a disposição do moço, fiquei receoso. Ao jantar, acharam-me preocupado; respondi somente que eram remorsos de ter gasto o melhor do dia ao jogo, em vez de ficar ao trabalho, e anunciei a D. Antônia que, em breve tempo, teria concluído as pesquisas. Caindo a tarde, Lalau e a tia despediram-se, e eu ofereci-me para acompanhá-las. Não era preciso; D. Antônia mandara aprontar a sege.

— Nhãtônia quer dar-se sempre a esses incômodos — disse agradecendo Mafalda.

— Eu não — redarguiu D. Antônia rindo —, as incomodadas são as bestas.

A sege, em vez de as tomar ao pé da porta que ficava por baixo da sala dos livros, veio recebê-las diante da varanda, onde nos achávamos todos. O constrangimento de Lalau era já manifesto. Se preferia a mãe a tudo, como me dissera uma vez, cuido que preferia D. Antônia e a Casa Velha à companhia da tia; acrescia, agora, a presença de hóspedes, a variedade de vida que eles traziam à Casa Velha; finalmente, pode ser também, sem afirmá-lo, que tivesse receios idênticos aos meus. Despediu-se, penosamente. D. Antônia, embora lhe fosse adversa, é certo que ainda a amava, deu-lhe a mão a beijar, e, vendo-a ir, puxou-a para si, e beijou-a na cara uma e muitas vezes.

— Cuidado, nada de travessuras! — disse-lhe.

Tia e sobrinha desceram os degraus da varanda, e, quando eu ia ajudá-las a entrar na sege, atravessou-se-me o filho da dona da casa, que deu a mão a uma e outra, cheio de respeito e graça.

— Adeus, Nhãtônia! — disse a moça, metendo a cabeça entre as cortinas de couro da sege, e fechando-as, depois de dizer-me adeus com os olhos.

Eu, que estava no topo da escada, correspondi-lhe igualmente com os olhos, e voltei para as outras pessoas, enquanto a sege ia andando, e o moço subia os degraus.

— Nhãtônia — disse o coronel rindo —, este seu filho dava para camarista do paço.

D. Antônia, escandalizada, tinha entre as sobrancelhas uma ruga, e olhou sombria para o filho. Quero crer que esse incidente foi a gota que fez entornar do espírito de D. Antônia a singular determinação que vou dizer.

VII

Era na varanda, na manhã seguinte. Quando ali cheguei, dei com D. Antônia só, passeando de um para outro lado; a baronesa recolhera-se, e os outros tinham saído a cavalo, depois de alguma espera para que eu os visse; mas cheguei tarde; por que é que não fui mais cedo?

— Não pude; estive sabendo as más notícias que vieram do Sul.

— Sim? — perguntou ela.

Contei-lhe o que havia, acerca da rebelião; mas os olhos dela, despidos de curiosidade, vagavam sem ver, e, logo que o percebi, parei subitamente. Ela, depois de alguma pausa:

— Ah, então os rebeldes...

Repetiu a palavra, murmurou outras, mas sem poder vinculá-las entre si, nem dar-lhes o calor que só o real interesse possui. Tinha outra rebelião em casa, e, para ela, a crise doméstica valia mais que a pública. É natural, pensei comigo; e tratei de ir aos meus papéis. Ao pedir-lhe licença, vi-a olhar para mim, calada, e reter-me pelo pulso.

— Já? — disse finalmente.

— Vou ao trabalho.

D. Antônia hesitou um pouco; depois, resoluta:

— Ouça-me!

Respondi que estava às suas ordens, e esperei.

D. Antônia passou a mão pelos olhos, sacudiu a cabeça, e perguntou-me se não suspeitava alguma causa absoluta de impedimento entre o filho e Lalau.

— Causa absoluta?

— Sim — murmurou ela, a medo, baixando e erguendo os cílios, como envergonhada.

Confesso que a suspeita de que Lalau era filha dela acudiu-me ao espírito, mas varri-a logo por absurda; adverti que ela o diria antes à própria moça do que a nenhum homem, ainda que padre. Não, não era isso. Mas então o que era? Tive outra suspeita, e pedi-lhe que me dissesse, que me explicasse...

— Está explicado.

— Seu marido...?

D. Antônia fez um gesto afirmativo, e desviou os olhos. Tinha a cara que era um lacre. Quis ir para dentro, mas recuou, deu alguns passos até ao fim da varanda, voltou, e foi sentar-se na cadeira que ficava mais perto, entre duas portas; apoiou os braços nos joelhos, a cabeça nas mãos, e deixou-se estar. Eu, espantado, não achava nada que dissesse, nada, coisa nenhuma; olhava para o ladrilho, à toa; e assim ficamos por um longo trato de tempo. Acordou-nos um moleque, vindo pedir uma chave à senhora, que lhe deu o molho delas, e ficou ainda sentada, mas sem pousar a cabeça nas mãos. A expressão do rosto não era propriamente de tristeza ou de resignação, mas de constrangimento, e pode ser também que de ansiedade; e não fiz logo esse reparo, mas depois, recapitulando as palavras e os gestos. Fosse como fosse, não me passou pela ideia que aquele impedimento moral e canônico podia ser um simples recurso de ocasião.

Caminhei para ela, estendi-lhe as mãos, ela deu-me as suas, e apertando-lhas, disse-lhe que não devia ter ajuntado à fatalidade do nascimento o favor das circunstâncias; não devia tê-los levado, pelo descuido, ao ponto em que estavam, para agora separá-los irremediavelmente. D. Antônia murmurou algumas palavras de explicação: acanhamento, confiança, esperança, a idéia de casá-la com outro, a de mandar o filho à Europa... As mãos tremiam-lhe um pouco; e, talvez por tê-lo sentido, puxou-as e cruzou os braços.

— Bem — disse-lhe eu —, agora é separá-los.

— Custa-me muito, porque eu gosto dela. Eduquei-a como filha.

— É urgente separá-los.

— Aqui é que Vossa Reverendíssima podia prestar-me um grande obséquio. Não me atrevo a fazer nada; não sei mesmo o que poderia fazer. Vossa Reverendíssima, que os estima, e creio que me estima também, é que acharia algum arranjo. Meu filho está resolvido a ir por diante; mas a sua intervenção... Posso contar com ela?

— Tem sido excessiva a minha intervenção. Vim receber um obséquio, e acho-me no meio de um drama. Era melhor que me tivesse limitado a recolher papéis...

— Não diga mais nada; acabou-se. Demais, um padre não se pode arrepender do benefício que tentou fazer. A intenção era generosa; mas o que lá vai, lá vai. Agora, é dar-nos remédio. Será tão egoísta que me não ajude? Não tenho outra pessoa; o coronel é um estonteado... E depois, por mim, só, não faço nada... Ajude-me.

D. Antônia falava baixinho, com medo de que nos ouvissem; chegou a levantar-se e ir espiar a uma das portas, que davam para a sala. Não julguei mal da precaução, que era natural; e, quando ela, voltando a mim, parou e interrogou-me de novo, respondi-lhe que procurava equilibrar-me primeiro; a revelação atordoara-me. Aqui desviou os olhos.

— Não é sangria desatada — acrescentei. — Lalau está fora por alguns dias; pensarei lentamente. Que a ajude? Hei de ser obrigado a isso, agora que a situação mudou. Se não dei causa ao sentimento que os liga, é certo que o aprovei, e estava pronto a santificá-lo. A senhora foi muito imprudente.

— Confesso que fui.

— Vai agora desgraçá-los.

D. Antônia fez com a boca um gesto, que podia parecer meio sorriso, e era tão somente expressão de incredulidade. Traduzido em palavras, quer dizer que não admitia que a separação dos dois pudesse trazer-lhes nenhum perpétuo infortúnio. Tendo casado por eleição e acordo dos pais, tendo visto casar assim todas as amigas e parentes, D. Antônia mal concebia que houvesse, ao pé deste costume, algum outro natural e anterior. Cuidava a princípio que a sua vontade bastava a compor as coisas; depois, não logrando mais que baralhá-las, cresceu-lhe naturalmente a irritação, e afinal criou medo; mas supôs sempre que o efeito da separação não passaria de algumas lágrimas.

— Amanhã ou depois falaremos — disse-lhe.

Fui dali aos livros. Ao entrar na sala deles, parei diante do retrato do ex-ministro, e mirei por alguns instantes aquela boca, que me parecera lasciva, desde que a vi pela primeira vez. E disse comigo, olhando para ele:

— Estás morto. Gozaste e descansas; mas eis aqui os frutos podres da incontinência; e são teus próprios filhos que vão tragá-los.

Estava irritado, dava-me ímpeto de quebrar alguma coisa. Sentei-me, levantei-me, fui à janela e acabei passeando ao longo da sala, com os pensamentos dispersos e confusos. Os livros, arranjados nas estantes, olhavam para mim, e talvez comentavam a minha agitação com palavras de remoque, dizendo uns aos outros que eles eram a paz e a vida, e que eu padecia agora as consequências de os haver deixado, para entrar no conflito das coisas. Nem por sombras me acudiu que a revelação de D. Antônia podia não ser verdadeira, tão grave era a coisa e tão austera a pessoa. Não adverti sequer na minha cumplicidade. Em verdade, eu é que proferi as palavras que ela trazia na mente; se me tenho calado, chegaria ela a dizê-las? Pode ser que não; pode ser que lhe faltasse ânimo para mentir. Tocado de malícia, o coração dela achou na minha condescendência um apoio, e falou pelo silêncio. Assim vai a vida humana: um nada basta para complicar tudo.

Meia hora depois, ou mais, ouvi rumor do lado de fora, cavalos que chegavam lentamente: eram os passeadores. Fui à janela. Uma das filhas do coronel vinha na frente com o pai; a outra e Sinhazinha seguiam logo, com o rapaz entre elas. Félix falava a Sinhazinha, e esta ouvia-o olhando para ele, direitamente, sem biocos, como na varanda; era talvez o cavalo que restituía à rio-grandense a posse de si mesma e a franqueza das atitudes. Todo entregue a um acontecimento, subordinei a ele os outros, e concluí da familiaridade dos dois que bem podiam vir a amar-se. Sinhazinha escutava com atenção, cheia de riso, pescoço teso, segurando as rédeas na mão esquerda, e dando com a ponta do chicotinho, ao de leve, na cabeça do cavalo.

— Reverendíssimo — bradou parando embaixo da janela o coronel —, os farrapos invadiram Santa Catarina, entraram na Laguna, e os legais fugiram. Eu, se fosse o governo, mandava fuzilar a todos estes para escarmento...

Já os pajens estavam ali, à porta, com bancos para as moças; apearam-se todos e subiram. Daí a alguns minutos, Raimundo e Félix entravam-me pela sala, arrastando as esporas. Raimundo creio que ainda trazia o chicote; não me lembra. Lembra-me que disse ali mesmo, agarrando-me nos ombros, uma multidão de coisas duras contra Bento Gonçalves, e principalmente contra os ministros, que não prestavam para nada, e deviam sair. O melhor de tudo era logo aclamar o imperador. Dessem-lhe cinquenta homens — vinte e cinco que fossem —, e se ele em duas horas não pusesse o imperador no trono, e os ministros na rua, estava pronto a perder a vida e a alma. Uns lesmas! Tudo levantado, tudo sublevado, ao norte e ao sul... Agora, parece que iam mandar tropas, e falava-se no general Andréa para comandá-las. Tudo remendos. Sangue novo é o que se precisava... *Parola*, muita *parola*.[1]

Bufava o coronel; o sobrinho, para aquietá-lo, metia alguma palavra, de quando em quando, mas era o mesmo que nada, se não foi pior. Irritado com as interrupções, bradou-lhe que, se o pai fosse vivo, as coisas andariam de outro modo.

— Aquele não era paz d'alma — disse o coronel apontando para o retrato. — Fosse ele vivo! Não era militar, como sabe — continuou olhando para mim —, mas era homem às direitas. Veja-me bem aqueles olhos, e diga-me se ali não há vida e força de vontade... Um pouco velhacos, é certo — acrescentou galhofeiramente.

---

[1] Do italiano: "palavra". (N. do E.)

— Tio Raimundo! — suplicou Félix.

— Velhacos, repito, não digo velhacos para tratantadas, mas para amores; era maroto com as mulheres — prosseguiu rindo e esquecendo inteiramente a rebelião. — Eu, quando Vossa Reverendíssima mudar de cara, e trouxer outra mais alegre, hei de contar-lhe algumas aventuras dele... Veja aqueles olhos! E não imagina como era gamenho, requebrado...

Félix saiu neste ponto; eu fui sentar-me à escrivaninha; o coronel continuou o assunto, e foi despir-se. Não me procurou mais até a hora do jantar; naturalmente, porque o sobrinho o impediu de vir perturbar-me na pesquisa dos papéis, como se eu tivesse papéis na cabeça. Maroto com as mulheres! Esta palavra retiniu ali por muito tempo. Maroto com as mulheres! Tudo se me afigurava claro e evidente.

Não podia hesitar muito. Deixei de ir três dias à Casa Velha; fui depois, e convidei o Félix a vir jantar comigo no dia seguinte. Jantamos cedo, e fomos dali ao Passeio Público, que ficava perto de minha casa. No Passeio, disse-lhe:

— Sabe que sou seu amigo?

— Sei — respondeu ele franzindo a testa.

— Não se aflija; o que lhe vou dizer é antes bem que mal. Sei que estima sua mãe; ela o merece, não só por ser mãe, como porque, se alguma coisa faz que parece contrariá-lo, não o faz senão em benefício seu e da verdade.

Félix tornou a franzir a testa.

— Adivinho que há alguma coisa difícil de dizer que me há de mortificar. Vamos, diga depressa.

— Digo já, ainda que me custe. E creia que me custa, mas é preciso: esqueça aquela moça. Não me olhe assim; imagina talvez que estou finalmente nas mãos de sua mãe.

— Imagino.

— Antes fosse isso, porque então o senhor não atenderia a um nem a outro, e casaria, se lhe conviesse.

— E por que não farei isso mesmo?

— Não pode ser; não pode casar, esqueça-a, esqueça-a de uma vez para sempre. Deus é que o não quer, Deus ou o diabo, porque a primeira ação é do diabo; mas esqueça-a inteiramente. Seu pai foi um grande culpado...

Aqui, ele pediu-me, aflito, que lhe contasse tudo. Custou-me, mas revelei-lhe a confidência da mãe. A impressão foi profunda e dolorosa, mas o sentimento do pudor e da religião pôde serená-la depressa. Quis prolongar a conversação; ele não o quis, não podia, e achei natural que não pudesse; pouco falou, distraído ou absorto, e despediu-se dali a alguns minutos.

Não foi para casa, como soube depois; foi andar, andar muito, revolvendo na memória as duras palavras que lhe disse. Só entrou em casa depois de oito horas da noite, e recolheu-se ao quarto. A mãe estava aflita; pressentira a minha revelação, e receou alguma imprudência; provavelmente, arrependeu-se de tudo. Certo é que, logo que soube da chegada do filho, foi ter com ele. Félix não lhe disse nada, mas a expressão do rosto mostrou a D. Antônia o estado da alma. Félix queixou-se de dor de cabeça, e ficou só.

Foi ele mesmo que me contou tudo isso, no dia seguinte, indo a minha casa. Agradeceu-me ainda uma vez, mas queixou-se do singular silêncio da mãe. Expliquei-lho, a meu modo; era natural que lhe custasse a revelação, e não a fizesse antes de tentar qualquer outro meio.

— Seja como for, estou curado — disse ele. — A noite fez-me bem. O sentimento que essa menina me inspirou converteu-se agora em outro, e creia que pela imaginação já me acostumei a chamá-la irmã; creia mais que acho nisto um sabor particular, talvez por ser filho único.

Apertei-lhe a mão, aprovando. Confesso que esperava menos pronta conformidade. Cuidei que tivesse de assistir a muito desespero, e até lágrimas. Tanto melhor. Ele, depois de alguns instantes, consultou-me se acharia prudente revelar tudo à moça; também eu já tinha pensado nisso, e não resolvera nada. Era difícil; mas não achava modo de não ser assim mesmo. Depois de algum exame, assentamos de não dizer nada, salvo em último caso.

Os dias que se seguiram foram naturalmente de constrangimento. Os hóspedes de D. Antônia notaram alguma coisa na família, que não era habitual; e a baronesa resolveu voltar para a fazenda, logo depois da festa da Glória. Sinhazinha é que não sei se reparou em alguma coisa; continuava a ter os mesmos modos do primeiro dia. A ideia de casá-la com o filho de D. Antônia entrou a parecer-me natural, e até indispensável. Conversei com ela; vi que era inteligente, dócil e meiga, ainda que fria; assim parecia, ao menos. Casaria com ele, ou com outro, à vontade da avó. No dia 15, devia ir Lalau para a casa, e eu, que o sabia, lá não fui, apesar do convite especial que tivera para jantar. Não fui, não tive ânimo de ver o primeiro encontro da alegria expansiva e ruidosa da moça com a frieza e o afastamento do rapaz. Deixei de lá ir cinco dias; apareci a 20 de agosto.

VIII

No dia 20 achei, com efeito, tudo mudado, Lalau suspeitosa e triste, Félix retraído e seco. Este veio contar-me o que se passara, e acabou dizendo que o estado moral da menina pedia a minha intervenção. Pela sua parte, não queria mudar de maneiras com ela, para não entreter um sentimento condenado; não ousava também dar-lhe notícia da situação nova. Mas eu podia fazê-lo, sem constrangimento, e com vantagem para todos.

— Não sei — disse eu depois de alguns instantes de reflexão —; não sei... Sua mãe?

— Mamãe está perfeitamente bem com ela; parece até que a trata com muito mais ternura. Não lhe dizia eu? Mamãe é muito amiga dela.

— Não lhe terá dito nada?

— Creio que não.

E depois de algum silêncio:

— Nem lho diria ela mesma. Há confissões difíceis de fazer a outros, e impossíveis a ela; digo fazê-las diretamente à pessoa interessada. Vamos lá; tire-nos desta situação duvidosa.

— Bem; verei. Não afirmo nada; verei.

Estávamos na sala dos livros; Lalau apareceu à porta. Parou alguns instantes, depois veio afoitamente a mim, expansiva e ruidosa, mas de propósito, por pirraça; tanto que não me falava com a atenção em mim, mas dispersa, e olhando de modo que pudesse apanhar os gestos do rapaz. Este não dizia nada, olhava para os livros. Lalau perguntou-me o que era feito de mim, por onde tinha andado, se era ingrato para ela, se a esquecia; afirmando que também estava disposta a esquecer-me, e já tinha um padre em vista, um cônego, tabaquento, muito feio, cabeça grande. Tudo isso era dito por modo que me doía, e devia doer a ele também; certo é que ele não se demorou muito na sala; foi até à janela, por alguns instantes; depois disse-me que ia ver os cavalos e saiu.

Lalau não pôde mais conter-se; logo que ele saiu, deixou-se cair numa cadeira, ao canto da sala, e rompeu em lágrimas. A explosão atordoou-me, corri para ela, peguei-lhe nas mãos, ela pegou nas minhas, disse que era desgraçada, que ninguém mais lhe queria, que tinha padecido muito naquele dia, muito, muito... Nunca falamos do sentimento que a acabrunhava agora; mas não foi preciso começar por nenhuma confissão.

— Não compreendo nada — dizia ela —; sei só que sofro, que choro, e que me vou embora. Por quê? Sabe que há?

Não lhe dei resposta.

— Ninguém sabe nada, naturalmente — continuou ela. — Quem sabe tudo já lá vai caminhando para a roça. Devia ser assim mesmo; eu não valho nada, não sou nada, não tenho avó baronesa, sou uma agregadazinha... Mas então por que enganar-me tanto tempo? Para caçoar comigo?

E chorava outra vez, por mais que eu, defronte dela, em pé, lhe dissesse que não fizesse barulho, que podiam ouvir; ela, porém, durante alguns minutos não atendia a nada. Quando cansou de chorar, e enxugou os olhos, estava realmente digna de lástima. A expressão agora era só de dor e de abatimento; desaparecera a indignação da moça obscura que se vê preterida por outra de melhor posição. Sentei-me ao lado dela, disse-lhe que era preciso ter paciência, que os desgostos eram a parte principal da vida; os prazeres eram a exceção; disse-lhe tudo o que a religião lhe poderia lembrar para obter que se resignasse. Lalau ouvia com os olhos parados, ou olhando vagamente; às vezes, interrompia com um sorriso. Urgia contar-lhe tudo; mas, aqui, confesso que não achava palavras. Era grave a notícia; o efeito devia ser violento, porque, conquanto ela cuidasse estar abandonada por outra, a esperança lá se aninharia nalgum recanto do coração, e nada está perdido enquanto o coração espera alguma coisa. Mas a notícia da filiação era decisiva.

Não sabendo como dizê-lo, prossegui na minha exortação vaga. Ela, que a princípio ouvia sem interesse, olhou de repente para mim, e perguntou-me se realmente estava tudo perdido. Vendo que lhe não dizia nada:

— Diga, por esmola, diga tudo.

— Vamos lá, sossegue...

— Não sossego, diga.

— Enquanto não sossegar, não digo nada. Escute, Deus escreve direito por linhas tortas. Quem sabe o que estaria no futuro?

— Não entendo; diga.

Em verdade, não se podia ser menos hábil, ou mais atado que eu. Não ousava dizer a coisa, e não fazia mais que aguçar o desejo de a ouvir. Lalau instou ainda comigo, pegou-me nas mãos, beijou-mas, e esse gesto fez-me mal, muito mal. Ergui-me, dei dois passos, e voltei dizendo que, não agora, por estar tão fora de si, mas depois lhe contaria tudo, tudo, que era uma coisa grave...

— Grave? Diga-me já, já.

E pegou-se a mim, que lhe dissesse tudo, jurava não contar nada a ninguém, se era preciso guardar segredo; mas não queria ignorar o que era. Não me dava tempo; se eu abria a boca para adiar, interrompia-me que não, que havia de ser logo, logo; e falava-me em nome de Deus, de Nossa Senhora, e perguntava-me se era assim que dizia ser padre.

— Promete ouvir-me quieta?

— Prometo — disse ela depressa, ansiosa, pendendo-me dos olhos.

— É bem grave o que lhe vou dizer.

— Mas diga.

Peguei-lhe na mão, e levei-a para defronte do retrato do finado conselheiro. Era teatral o gesto, mas tinha a vantagem de me poupar palavras; disse-lhe simplesmente que ali estava alguém que não queria: o pai de ambos. Lalau empalideceu, fechou os olhos e ia cair; pude sustê-la a tempo.

Lalau tinha o sentimento das situações graves. Aquela era excepcional. Não me disse nada, depois da minha revelação, não me fez pergunta nenhuma: apertou-me a mão e saiu.

Dois dias depois foi para casa da tia, a pretexto de não sei que negócio de família, mas realmente era uma separação. Fui ali vê-la; achei-a abatida. A tia falou-me em particular; perguntou-me se houvera alguma coisa em casa de D. Antônia; a sobrinha, interrogada por ela, respondera que não; quis ir à Casa Velha, mas foi a própria sobrinha que a dissuadiu, ou antes que lhe impôs que não fosse.

— Não houve nada — foi a sua última palavra. — O que há é que é tempo de viver em nossa casa, e não na casa dos outros. Estou moça, preciso de cuidar da minha vida.

D. Mafalda não achava própria esta razão. A sobrinha era tão amiga da Casa Velha, e a família de D. Antônia queria-lhe tanto, que não se podia explicar daquele modo uma retirada tão repentina. Nunca lhe ouvira o menor projeto a tal respeito. Acresce que, desde que viera, andava triste, muito triste...

Todas essas reflexões eram justas; entretanto, para que ela não chegasse a ir à Casa Velha, disse-lhe que a razão dada por Lalau, se não era sincera, era em todo caso boa. Pensava muito bem querendo vir para casa; eram pobres; ela devia acostumar-se à vida pobre, e não à outra, que era abundante e larga, e podia criar-lhe hábitos perigosos.

Nada lhe disse a ela mesma, nem era possível; falamos juntos os três na sala de visitas, que era também a de trabalho. Lalau procurou disfarçar a tristeza, mas a indiferença aparente não chegou a persuadir-me; concluí que o amor lhe ficara no coração, a despeito do vínculo de sangue, e tive horror à natureza. Não foi só à natureza. Continuei a aborrecer a memória do homem, causa de tal situação, de tais dores.

Na Casa Velha, fui igualmente discreto. D. Antônia não me perguntou o que se passara com elas, nem com o filho, e pela minha parte não lhe disse nada. O que ela me confiou, dias depois, é que a viagem de Félix à Europa era já desnecessária; cuidava agora de casá-lo; falou-me claramente nos seus projetos relativos a Sinhazinha. Parecera-lhe a escolha excelente; eu inclinei-me, aprovando.

Passaram-se muitos dias. O meu trabalho estava no fim. Tinha visto e revisto muitos papéis, e tomara muitas notas. O coronel voltou à Corte no meado de setembro; vinha tratar de umas escrituras. Notou a diferença da casa, onde faltava a alegria da moça, e sobrava a tristeza ou alguma coisa análoga do sobrinho. Não lhe disse nada; parece que D. Antônia também não.

Félix passava uma parte do dia comigo, sempre que eu ali ia; falava-me de alguns planos relativamente à indústria, ou mesmo à lavoura, não me lembra bem; provavelmente, era tudo misturado, nada havia nele ainda definido; lembremo-nos que já andara com ideias de ser deputado. O que ele queria agora era fazer alguma coisa que o aturdisse, que lhe tirasse a dor do recente desastre. Neste sentido, aprovava-lhe tudo.

Pareceu-me que o tempo ia fazendo algum efeito em ambos. Lalau não ria ainda, nem tinha a mesma conversação de outrora; começava a apaziguar-se. Ia ali muita vez, às tardes; ela agradecia-me, evidentemente, a fineza. Não só tinha afeição, como achava na minha pessoa um pedaço das outras afeições, da outra casa e do outro tempo. Demais, era-me grata, posto que o destino me tivesse feito portador de más novas, e destruidor de suas mais íntimas esperanças.

A ideia de casá-la entrou desde logo no meu espírito; e, nesse sentido, falei à tia, que aprovou tudo, sem adiantar mais nada. Não conhecia o Vitorino, filho do segeiro, e perguntei-lhe que tal seria para marido.

— Muito bom — disse-me ela. — Rapaz sério, e tem alguma coisa por morte do pai.

— Tem alguma educação?

— Tem. O pai até queria fazê-lo doutor, mas o rapaz é que não quis; disse que se contentava com outra coisa;

parece que está escrevente de cartório... escrevente não sei como se diz... mentado... paramentado...

— Juramentado.

— Isso mesmo.

— Bem, se puder falar com ela... sem dizer tudo... assim a modo de indagação...

— Verei; deixe estar...

Dias depois, D. Mafalda deu-me conta da incumbência: a sobrinha nem queria ouvir falar em casar. Achava o Vitorino muito bom noivo, mas o seu desejo era ficar solteira, trabalhar em costura, para ajudar a tia e não depender de ninguém; mas, casar, nunca.

Esta conversa trouxe-me a ideia de ponderar a D. Antônia que, uma vez que Lalau era filha de seu marido, ficava-lhe bem fazer uma pequena doação que a resguardaria da miséria. D. Antônia aceitou a lembrança sem hesitar. Estava tão contente com o resultado obtido, que podia fazê-lo. Confessou-me, porém, que o melhor de tudo seria, feita a doação, passados os tempos, e casado o filho, voltar a menina para a Casa Velha. Tinha grandes saudades dela; não podia viver muito tempo sem a sua companhia. Repeti a última parte a Lalau que a escutou comovida. Creio até que ia a brotar-lhe uma lágrima; mas reprimiu-a depressa, e falou de outra coisa.

Era uma terça-feira. Na quarta, devia eu ultimar os meus trabalhos na Casa Velha, e restituir os papéis, quando fiz um achado que transtornou tudo.

Estava recolhendo tudo, quando dei por falta de uma nota tomada naquele dia; não era fácil reproduzir a nota, pois não a havia tirado de uma só página, nem de um só livro, mas de muitos livros diferentes. O caso aborreceu-me; procurei o papel atabalhoadamente; depois recomecei com cuidado. Abri os livros com que trabalhara nesse dia, um por um, mas não achava nada. Vim achar a nota, depois, ao pé da grade da janela, prestes a cair.

Entre os livros que folheei, procurando, achava-se um relatório manuscrito, que eu lera apenas em parte, não o tendo feito na que continha tão somente a transcrição de documentos públicos. Pegando no livro pela lombada, e agitando-o para fazer cair a nota, se ali estivesse, vi que efetivamente caía um papelinho.

Vinha dobrado, e vi logo que era por letra do ex-ministro. Podia ser alguma coisa interessante, para os meus fins. Era um trecho de bilhete a alguma mulher, cujo nome não estava ali, e referia-se a uma criança, com palavras de tristeza. Podiam ser outros amores; podiam ser os próprios amores da mãe de Lalau. Hesitei em guardar o papel; cheguei a pô-lo dentro das folhas do relatório; mas tornei a tirá-lo, e guardei-o comigo.

Reli-o em casa; dizia este trecho do bilhete, que, provavelmente, nunca foi acabado, nem remetido: "Tenha confiança em mim, e ouça o que lhe digo. Não faça barulho, sossegue e não fale no meu nome. Venha cá o menos que puder; e não pense mais no anjinho. Deus é bom". Não achava nada que me explicasse coisa nenhuma; mas insisti em guardá-lo. De noite, pensei que o bilhete podia relacionar-se com a família de Lalau; e, como nunca tivesse dito à tia desta o motivo que a separara da Casa Velha, resolvi pedir-lhe uma conferência, e contá-lo.

Pedi-lhe a conferência no dia seguinte, e obtive-a no outro, muito cedo, enquanto Lalau dormia. Não hesitei em ir logo ao fim. Contei--lhe tudo, menos o amor da sobrinha e do filho de D. Antônia, que ela, antes, fingia ignorar. D. Mafalda ouviu-me pasmada, curiosa, querendo por fim que lhe dissesse se D. Antônia ficara irritada com a descoberta.

— Não, perdoou tudo.

— Então por que houve logo esta separação?

Hesitei na resposta.

— Entendo — disse ela —, entendo.

Vi que sabia tudo; mas não se consternou por isso. Ao contrário, disse-me alegremente que, se não era mais que essa a causa da separação, tudo estava remediado.

— Conto-lhe tudo — disse-me ela no fim de alguns instantes. — Não diria nada em outras circunstâncias, nem sei mesmo se diria alguma coisa a outra pessoa.

D. Mafalda confirmou os amores da cunhada; mas o ex-ministro viu-a pela primeira vez, quando eles vieram da roça, tinha Lalau três meses. Não era absolutamente o pai da menina. Compreende-se o meu alvoroço; pedi-lhe todas as circunstâncias de que se lembrasse, e ela referiu-as todas, e todas eram a confirmação da notícia que acabava de dar; datas, pessoas, acidentes, nada discordava da mesma versão. Ela própria apelou para os apontamentos da freguesia onde nascera a menina, e para as pessoas do lugar; que me diriam isto mesmo. Pela minha parte, não queria outra coisa, senão o desaparecimento do obstáculo e a felicidade das duas criaturas. De repente, lembrou-me do trecho do bilhete que tinha comigo, e disse-lhe que, em todo caso, mal se podia explicar a crença em que estava D. Antônia; havia por força uma criança.

— Houve uma criança — interrompeu-me D. Mafalda —; mas essa morreu com poucos meses.

Tinha o bilhete na algibeira, tirei-o e reli-o; estas palavras confirmavam a versão da morte: "não pense mais no anjinho"...

D. Mafalda contou-me então a circunstância do nascimento da criança, que viveu apenas quatro meses; depois, referiu-me a longa história da paixão da cunhada, que ela descobriu um dia, e que a própria cunhada lhe confiou mais tarde, em ocasião de desespero.

Tudo parecia-lhe claro e definitivo; restava, agora, repor as coisas no estado anterior. Mas, ao pensar nisso, adverti que, transmitida esta versão a D. Antônia, ouviria as razões que ela teria para a sua, e combiná-las-ia todas. Fui à Casa Velha, e pedi a D. Antônia que me desse também uma conferência particular. Desconfiada, respondeu que sim, e foi na sala dos livros, enquanto Félix estava fora, que lhe contei o que acabava de saber.

D. Antônia escutou-me a princípio curiosa, depois ansiosa, e afinal atordoada e prostrada. Não compreendi esse efeito; acabei, disse-lhe que a Providência se encarregara de levar o fruto do pecado, e nada impedia que o casamento do filho com a moça o fizesse esquecer a todos. Mas D. Antônia, agitada, não podia responder seguidamente. Não entendendo esse estado, pedi que mo explicasse.

D. Antônia negou-me tudo a princípio, mas acabou confessando o que ninguém poderia então supor. Ela ignorava os amores do marido; inventara a filiação de Lalau com o único fim de obstar ao casamento. Confessou tudo, francamente, alvoroçada, sem saber de si. Creio que, se repousasse por algumas horas, não me diria nada; mas, apanhada de supetão, não duvidou expor os seus atos e motivos. A razão é que o golpe recebido fora profundo. Vivera na fé do amor conjugal; adorava a memória do marido, como se pode fazer a uma santa de devoção íntima. Tinha dele as maiores provas de constante fidelidade. Viúva, mãe de um homem, vivia da felicidade extinta e sobrevivente, respeitando morto o mesmo homem que amara vivo. E vai agora uma circunstância fortuita mostrar-lhe que, inventando, acertara por outro modo, e que o que ela considerava puro na terra trouxera em si uma impureza.

Logo que a primeira comoção passou, D. Antônia disse-me com muita dignidade que o passado estava passado, que se arrependia da invenção, mas, enfim, estava meio punida. Era preciso que o castigo fosse inteiro; e a outra parte dele não era mais que unir os dois em casamento. Opôs-se por soberba; agora, por humildade, consentia em tudo.

D. Antônia, dizendo isto, forcejava por não chorar, mas a voz trêmula indicava que as lágrimas não tardavam a vir; lágrimas de vencida, duas vezes vencida — no orgulho e no amor. Consolei-a, e pedi-lhe perdão.

— De quê? — perguntou ela.

— Do que fiz. Creia que sinto o papel desastrado que o destino me confiou em tudo isto. Agora, mesmo, quando vinha alegre, supondo consertar todas as coisas, conserto-as com lágrimas.

— Não há lágrimas — disse D. Antônia esfregando os olhos.

Daí a nada estava tranquila, e pedia-me que acabasse tudo. Não podia mais tolerar a situação que ela mesma criara; tinha pressa de afogar na afeição sobrevivente algumas tristezas novas. Instou comigo para que fosse ter com a moça naquele mesmo dia, ou no outro, e que a trouxesse para a Casa Velha, mas depois de saber tudo; pedia também que me incumbisse de retificar a revelação feita ao filho. Ela, pela sua parte, não podia entrar em tais minúcias; eram-lhe penosas e indecentes. Esta palavra fez-me, creio eu, empalidecer; ela apressou-se em explicá-la; não me encarregava de coisa indigna, mas pouco ajustada entre um filho e sua mãe. Era só por isso.

Aceitei a explicação e a incumbência. Não me demorei muito em pôr o filho na confidência da verdade, contando-lhe os últimos incidentes, e a face nova da situação. Félix ouviu-me alvoroçado; não queria crer, inquiria uma e muitas vezes se a verdade era realmente esta ou outra, se a tia da moça não se enganara, se a nota achada... Mas eu interrompi-o confirmando tudo.

— E mamãe?

— Sua mãe?

— Naturalmente, já sabe...

Hesitei em dizer-lhe tudo o que se passara entre mim e ela; era revelar-lhe a invenção da mãe, sem necessidade. Respondi-lhe que sabia tudo, porque mo dissera, que estava enganada, e estimara o desengano.

Tudo parecia caminhar para a luz, para o esquecimento, e para o amor. Após tantos desastres que este negócio me trouxera, ia enfim compor a situação, e tinha pressa de o fazer e de os deixar felizes. Restava Lalau; fui lá ter no dia seguinte.

Lalau notou a minha alegria; eu, sem saber por onde começasse, disse-lhe que efetivamente tinha uma boa notícia. Que notícia? Contei-lha com as palavras idôneas e castas que a situação exigia. Acabei, referi o que se passara com D. Antônia, o pedido desta, a esperança de todos. Ela ouviu ansiosa — a princípio, aflita —, e no fim, quando soube a verdade retificada, deixou cair os olhos e não me respondeu.

— Vamos, senhora — disse-lhe —; o passado está passado.

Lalau não se moveu. Como eu instasse, abanou a cabeça; instando mais, respondeu que não, que nada estava alterado, a situação era a mesma. Espantado da resposta, pedi-lhe que ma explicasse; ela pegou na minha mão, e disse-me que não a obrigasse a falar de coisas que lhe doíam.

— Que lhe doem?

— Falemos de outra coisa.

Confesso que fiquei exasperado; levantei-me, mostrei-me aborrecido e ofendido. Ela veio a mim, vivamente, pediu-me desculpa de tudo. Não tinha intenção de ofensa, não podia tê-la; só podia agradecer tudo o que fizera por ela. Sabia que a estimava muito.

— Mas, não compreendo...

— Compreende, se quiser.

— Venha explicar-se com a sua velha amiga; ela lhe dirá que estimou muito não ser verdadeira a sua primeira suposição.

— Para ela, creio.

— E para todos.

— Para mim, não. Seja como for, não poderia casar-me com o filho do mesmo homem que envergonhou minha família... Perdão; não falemos nisto.

Olhei assombrado para ela.

— Essa palavra é de orgulho — disse-lhe no fim de alguns instantes.

— Orgulho, não; eu não sei que coisa é orgulho. Sei que nunca estimei tanto a ninguém como a minha mãe.

Não lhe disse isso mesmo uma vez? Gostava muito de mamãe; era para mim na terra como Nossa Senhora no céu. E esta santa tão boa como a outra, esta santa é que... Não; perdoe-me. Orgulho? Não é orgulho; é vergonha; creia que estou muito envergonhada. Sei que era estimada na Casa Velha; e seria ali feliz, se pudesse sê-lo; mas não posso, não posso...

— Reflita um pouco.

— Está refletido.

— Reflita ainda uma noite ou duas; virei amanhã ou depois. Repare que a sua obstinação pode exprimir, relativamente à memória de sua mãe, uma censura ou uma afronta...

Lalau interrompeu-me; não censurava a mãe; amava-a tanto ou mais que dantes. E concluiu, dizendo que, por favor, não falássemos mais de tal assunto. Respondi-lhe que ainda lhe falaria uma vez única; pedi-lhe que refletisse. Contei a D. Mafalda, e disse-lhe que, na minha ausência, trabalhasse no mesmo sentido que eu.

— Tudo deve voltar ao que era; eles gostam muito um do outro; D. Antônia estima-a como filha; o passado é passado. Cuidemos agora do presente e do futuro.

Lalau não cedeu nada à tia, nem a mim. Não cedeu nada ao filho de D. Antônia, que a foi visitar, e a quem não pôde ver sem comoção, e grande; mas resistiu. Afinal, oito dias depois, D. Antônia mandou aprontar a sege, e foi buscá-la.

— Uma vez aqui, verá que arranjamos tudo — disse-lhe ela.

Entrava já no espírito de D. Antônia um pouco de amor-próprio ofendido com a recusa. Lalau parece que a princípio não a quis acompanhar; nunca soube bem deste ponto, mas é natural que fosse assim. Consentiu, finalmente, e foi por um só dia; jantou lá e voltou às ave-marias.

Voltei à casa delas, e instei novamente, ou só com ela, ou com a tia; ela mantinha-se no mesmo pé, e, para o fim, com alguma impaciência. Um dia, recebi recado de D. Mafalda; corri a ver o que era, disse-me que o filho do segeiro, Vitorino, fora pedi-la em casamento, e que a moça, consultada, respondeu que sim. Soube depois que ela mesma o incitara a fazê-lo. Compreendi que tudo estava acabado. Félix padeceu muito com esta notícia; mas nada há eterno neste mundo, e ele próprio acabou casando com Sinhazinha. Se ele e Lalau foram felizes, não sei; mas foram honestos, e basta.

O ALIENISTA

O Alienista: Poética do Talvez

Jean Pierre Chauvin[1]

> *[...] a maioria dos homens é sempre descuidada no que tange à investigação da verdade* (alêtheia), *preferindo aceitar de pronto o que mais facilmente se oferece* (Tucídides, *História da Guerra do Peloponeso*, V a. C.).

> *[...] o folhetim requer um ar brincalhão e galhofeiro, ainda tratando de coisas sérias* (Machado de Assis, em crônica de 1878).

Notas Biográficas

Joaquim Maria Machado de Assis (1839-1908) nasceu e morreu no Rio de Janeiro, de onde praticamente nunca saiu, com exceção de uma viagem ao interior da Província, por recomendação médica, em 1880. Como se sabe, o escritor começou sua vida de modo humilde. Na adolescência, não realizou estudos regulares, mas teve a

[1] Professor Livre-Docente da Escola de Comunicações e Artes, USP, onde pesquisa e leciona Cultura e Literatura Brasileira (Colônia / Império / República). Autor de *"O Alienista": a teoria dos contrastes em Machado de Assis* (São Paulo: Reis, 2005); *O poder pelo avesso na literatura brasileira: Manuel Antônio de Almeida, Machado de Assis e Lima Barreto* (São Paulo: Annablume, 2013); preparador da edição de *Quincas Borba* (Cotia: Ateliê Editorial, 2016); organizador da coletânea *Machado de Assis: contos essenciais* (São Paulo: Martin Claret, 2019).

oportunidade de aprender um pouco de latim com um padre. Também teve aulas de português e álgebra com uma professora conhecida da família e aprendeu francês com um casal que o conheceu na barca que ligava a cidade do Rio de Janeiro a Niterói.[2]

Após enfrentar uma infância difícil, com parcos recursos, Machado conseguiu o seu primeiro ofício como auxiliar de tipografia. Ele trabalhou sob a supervisão do jornalista e escritor Manuel Antônio de Almeida, o célebre autor das *Memórias de um sargento de milícias* (1855). Desde então, o jovem revelava uma especial predileção pela leitura. Dentre alguns de seus autores prediletos, estavam a *Bíblia*, Miguel de Cervantes,[3] William Shakespeare, os moralistas franceses do século XVII, como Pascal; Jonathan Swift, Laurence Sterne, o filósofo Arthur Schopenhauer; bem como os escritores franceses em geral — de Rabelais a Victor Hugo, passando por Xavier de Maistre etc.

É provável que a sua erudição e intensa produção tenha facilitado o acesso, o trânsito e o êxito na sociedade carioca. Tendo em vista o meio em que estava inserido e a sua hábil interlocução com os demais correspondentes

---

[2] Cf. Jean-Michel Massa. *A Juventude de Machado de Assis (1839-1970): ensaio de biografia intelectual*. 2ª ed. Trad. Marco Aurélio de Moura Matos. São Paulo: Unesp, 2009.

[3] Massaud Moisés aproximara as personagens Simão Bacamarte e Crispim Soares de Dom Quixote e Sancho Pança, ao apresentar a novela (Cf. Machado de Assis. *Memorial de Aires / O Alienista*. São Paulo: Cultrix, 1961). Carlos Fuentes defendeu que o escritor brasileiro representaria o maior herdeiro latino-americano de Cervantes (Cf. "Caderno Mais", *Folha de S. Paulo*, 1º de outubro de 2000).

literários e políticos na capital, aos poucos construiu um respeitável círculo de relações, que incluíam o editor Paula Brito, o educador José Veríssimo e os políticos mais influentes do período, como Quintino Bocaiúva e o próprio Imperador, Pedro II. Perto dos cinquenta anos, Machado tornou-se referência social e cultural. Àquela altura, passou a receber diversos prêmios e homenagens, dentre elas o convite para presidir e ocupar a cadeira de número um da Academia Brasileira de Letras, desde as reuniões preparatórias, realizadas em dezembro de 1896.

Além do reconhecimento literário, o autor ocupou diversos cargos públicos, chegando, ao final da vida, a Diretor-geral de Contabilidade, subordinado ao Ministério da Indústria, Viação e Obras Públicas, onde ocupava outras funções desde 1893. Hoje, Machado de Assis ocupa lugar de honra no Realismo brasileiro, embora ele se recusasse a aceitar o rótulo de escritor realista, quando vivo. O fato é que ele manteva impressionante produção, tanto em livros quanto em jornais, a exemplo de sua colaboração à *Revista Brasileira* e também n*A Estação*. O escritor publicou nove romances, mais de duzentos contos, centenas de crônicas e dezenas de poesias; mais peças de teatro, ensaios críticos, traduções a partir do francês e do inglês, sem contar em sua alentada correspondência, ativa e passiva.

Duas Maneiras

Machado reconheceu que a década de 1880 assinalara a transição para uma "segunda maneira" de escrever, o que não implicava ruptura em sua ficção.[4] Parte da crítica ainda defende que sua obra poderia ser dividida em duas fases bem distintas: uma, mais romântica e convencional, situada na década de 1870; outra, mais "madura", pautada pelas *Memórias póstumas de Brás Cubas* e da coletânea *Papéis avulsos* (1882). A questão é controversa e não favorece o exame de sua obra como um todo orgânico e organizado. A partir da década de 1960, os estudos de Silviano Santiago, Maria Nazaré Lins Soares e Hellen Caldwell, dentre outros, permitiram relativizar essa distinção entre os dois estágios na carreira literária de Machado, considerando que temas, estilos e construção de narradores e personagens complexas estavam presentes em muitos de seus contos e romances iniciais.[5]

O Alienista se destaca como uma de suas narrativas mais notáveis. Publicada em capítulos quinzenais, no jornal *A Estação*, entre outubro de 1881 e março de 1882,

---

[4] Em carta a José Veríssimo, assinada em 15 de dezembro de 1898, lê-se: "O que você chama a minha segunda maneira naturalmente me é mais aceita e cabal que a anterior, mas é doce achar quem se lembre desta, quem a penetre e desculpe, e até chegue a catar nela algumas raízes dos meus arbustos de hoje" (Cf. Machado de Assis. *Obra Completa*, vol. 4. Rio de Janeiro: Nova Aguilar, 2015).

[5] A esse respeito, consultem-se: Sílvia Maria Azevedo. Bra*sil em Imagens: um estudo da Revista Ilustração Brasileira (1876-1878)*. São Paulo: Editora Unesp, 2010; e Jaison Crestani. *Machado de Assis no Jornal das Famílias*. São Paulo: Nankin, 2009.

a novela[6] reúne personagens marcantes, muito próximas de caricaturas. Graças à habilidade do narrador, em uma ou duas linhas temos o desenho completo e divertido de cada figura. Dentre elas, sobressai a pessoa de um médico erudito, formado em Pádua e Coimbra — leitor da *Bíblia* e também do *Alcorão*; da filosofia de Artistóteles, segundo a ótica do pensador árabe Averróis[7] — o Doutor Simão Bacamarte.

As personagens agem como tipos, em possível analogia com os cenários em que a trama se desenrola. A pequena e acanhada vila de Itaguaí é o tablado para essa historieta divertida, ambientada na virada do século XVIII para o XIX, sacudida pelas peripécias, que aproximam política, psiquiatria e ciência em contraposição à revolta popular, liderada por Porfírio. Os protestos da população contra o médico são acompanhados pelo

---

[6] A distinção entre conto e novela começa pelas palavras do escritor, quando apresenta a coletânea onde *O Alienista* saiu: "Quanto ao gênero deles, não sei que diga que não seja inútil. O livro está nas mãos do leitor. Direi somente, que se há aqui páginas que parecem meros contos, e outras que o não são, defendo-me das segundas com dizer que os leitores das outras podem achar nelas algum interesse, e das primeiras defendo-me com S. João e Diderot. O evangelista, descrevendo a famosa besta apocalíptica, acrescentava (XVII, 9): 'E aqui há sentido, que tem sabedoria'. Menos a sabedoria, cubro-me com aquela palavra. Quanto a Diderot, ninguém ignora que ele, não só escrevia contos, e alguns deliciosos, mas até aconselhava a um amigo que os escrevesse também" (Machado de Assis. "Advertência". In: _____. *Papéis Avulsos*. Rio de Janeiro: Lombaerts & C., 1882, p. I).

[7] Aristóteles (384-322 a.C.) é considerado, ao lado de Sócrates e Platão, um dos pais da Filosofia Ocidental. Dentre os diversos tratados que legou, provavelmente o personagem Bacamarte estudava a *Lógica*. Averróis (1126-1198) foi um médico e pensador árabe, considerado um dos maiores conhecedores da obra de Aristóteles, durante a Idade Média.

escorregadio padre Lopes, que empresta voz sempre dúbia à religião.

Eis um contraponto importante, já que a igreja católica, inimiga velada da ciência pura, materializa a luta entre o senso crítico e o senso comum; entre o pensamento crítico e o discurso dogmático. Como percebeu Ivan Teixeira, "apesar dos esforços da racionalidade civil — ficcional e ironicamente representada — cabe à Igreja o estabelecimento dos padrões". Por isso, mesmo o Padre Lopes "é concebido conforme o estereótipo popular do vigário finório, que, sempre pronto a ocultar as próprias intenções, só revela seu pensamento quando este refelte a hierarquia e os dogmas da Igreja".[8] Porém, ele não era páreo para o prestigiado médico, que, "Aos trinta e quatro anos regressou ao Brasil, não podendo el-rei alcançar dele que ficasse em Coimbra, regendo a universidade, ou em Lisboa, expedindo os negócios da monarquia".[9]

Estamos sob a tutela de um habilidoso narrador que nos submete a paradoxos fecundos. Mirabolante, a narrativa baseia-se em testemunhos dos cronistas da vila de Itaguaí: "As crônicas da vila de Itaguaí dizem que em tempos remotos vivera ali um certo médico, o Dr. Simão Bacamarte, filho da nobreza da terra e o maior dos médicos do Brasil, de Portugal e das Hespanhas. Estudara em Coimbra e Pádua".[10] Vale lembrar que a "crônica" nomeia também um gênero histórico,

---

[8] *O Altar & o trono: dinâmica do poder em O Alienista*. Campinas: Editora Unicamp; Cotia: Ateliê, 2010, p. 224 e 225.

[9] Machado de Assis. *O Alienista*, op. cit., 1882, p. 1.

[10] Machado de Assis. *O Alienista*, op. cit., 1882, p. 1.

pretensamente não ficcional, tão característico da colonização portugesa.

Em favor dessa hipótese, Ivan Teixeira argumentava que "o texto da novela incorpora ironicamente alguns traços do discurso historiográfico", tomando como exemplo a "*História Geral do Brasil*, de Francisco Adolfo Varnhagen". O ensaísta lembrava que esse manual "estabelece a verdade como fundamento de sua existência, ainda que admita que ela decorra do exame das 'velhas crônicas, documentos e arquivos'do passado.[11]

Ora, examinando-se de perto as intervenções do narrador, tendemos a questionar se podemos confiar nele ou não. Repare-se que a declaração com que ele abre o relato traz imprecisões, o que não condiz com a credibilidade pretendida. Afinal, temos vaga notícia de "um certo médico", que vivera ali "em tempos remotos". Como nos certificarmos de que as informações seguintes, quanto à formação acadêmica e a prática médica, seriam autênticas?

No plano geral, isso significa que desde o princípio estamos a lidar com o reino das incertezas, sob o domínio do talvez. Essa impressão de leitura não é gratuita; foi engenhosamente arquitetada pelo escritor, ao combinar relato pseudohistórico com numerosas aventuras, provocando assimetria entre o gênero (histórico), o tom (grave e grandiloquente) e o teor (extravagante e risível) das ações. Essa voz impassível em terceira pessoa, que reconta os sucessos de Simão Bacamarte, evoca os

---

[11] *O Altar & o trono: dinâmica do poder em O Alienista*, op. cit., 2010, p. 154.

narradores heroicômicos de *Dom Quixote, As Viagens de Gulliver, Tristram Shandy, Cândido ou o Otimismo etc.*

No âmbito da linguagem, o modo como o narrador reconstitui a biografia de Simão Bacamarte sugere sua adesão ao caráter ensimesmado e pretensioso do protagonista, embora ele aja de modo hipercontrolado, rigoroso e impassível. De certo forma, narrador e médico compõem um dueto que nos induz a dar crédito ao relato lacunar do primeiro e nos aproximarmos com alguma empatia do superpoderoso psiquiatra, reforçando os modos como ele se distingue das pessoas ordinárias de seu convívio:

> O momento em que D. Evarista pôs os olhos na pessoa do marido é considerado pelos cronistas do tempo como um dos mais sublimes da história moral dos homens, e isto pelo contraste das duas naturezas, ambas extremas, ambas egrégias. D. Evarista soltou um grito, balbuciou uma palavra, e atirou-se ao consorte, de um gesto que não se pode melhor definir do que comparando-o a uma mistura de onça e rola. Não assim o ilustre Bacamarte; frio como um diagnostico, sem desengonçar por um instante a rigidez científica, estendeu os braços à dona, que caiu neles, e desmaiou.[12]

A passagem acima contrapõe emoção a razão, ambas desmedidas: uma pelo excesso; outra, pela falta. A cena traduz o reencontro entre esposa e médico, após a visita de numerosa comitiva de Itaguaí à côrte, na capital do

[12] Machado de Assis. *O Alienista*, op. cit., 1882, p. 33-34.

Império. Como se vê, a narrativa nos prende e arrebata por conta da atuação de suas personagens, sob constante ironia do narrador — implacável em retratá-las como seres tacanhos e risíveis, em contraponto com a dicção grandiloquente que ele empresta às cenas e diálogos. Será oportuno ressaltar que Simão Bacamarte contrasta não apenas com D. Evarista, mas com os respeitáveis cidadãos de Itaguaí, de modo geral. A distância entre a sabedoria do cientista e a mediocridade alheia é evidente. Um dos pontos altos está nos discursos hiperbólicos,[13] dirigidos a D. Evarista durante a recepção à comitiva que retornara da viagem à capital:

> Três horas depois, cerca de cinquenta convivas sentavam-se em volta da mesa de Simão Bacamarte; era o jantar das boas-vindas. D. Evarista foi o assunto obrigado dos brindes, discursos, versos de toda a casta, metáforas, amplificações, apólogos. Ela era a esposa do novo Hipócrates, a musa da ciência, anjo, divina, aurora, caridade, vida, consolação; trazia nos olhos duas estrelas, segundo a versão modesta de Crispim Soares, e dois sóis, no conceito de um vereador.[14]

Com exceção do próprio médico — praticamente um forasteiro com poderes máximos atribuídos pelo rei —, todos os que o cercam se revelam sujeitos limitados, quase sempre portadores de vícios (ou virtudes, a depender do

---

[13] Maria Nazaré Lins Soares observou que, na prosa machadiana, é recorrente a existência de oradores de ocasião, adeptos da "linguagem enfática" como disfarce para a sua inapetência e superficialidade (*Machado de Assis e a análise da expressão*. Rio de Janeiro: INL, 1968).

[14] Machado de Assis. *O Alienista*, op. cit., 1882, p. 36.

caso) que, incerta hora, garantirão uma temporada na Casa Verde. Passados em rigorosa revista pelos olhos de águia do alienista, o narador colabora em ressaltar a vaidade de Dona Evarista; a bajulação de Crispim Soares; o uso de frases feitas pelo Padre Lopes;[15] a postura ambivalente de alguns vereadores; o oportunismo de Porfírio Caetano das Neves; a insegurança de João Pina; as manias de alguns pacientes etc. A enorme quantidade de casos descobertos e classificados pelo médico fora prevista desde a construção do asilo? Sim, porque a Casa Verde onstitui evidente obra faraônica. Recorde-se que "quatro quintos da população" estiveram encarceradas na "Bastilha da Razão Humana", e que a mesa da sala de jantar comportava "cinquenta convivas".

A única referência explícita a algo ainda mais impressionante que o abrigo para os dementes da vila será a residência de outro desajuizado, o Mateus, que segundo a nomenclatura atribuída por Simão Bacamarte, padecia de "amor das pedras". Já a Câmara de Vereadores ganha destaque por outro motivo. Ela representa a nobreza; além disso, é citada com grande frequência ao longo dos treze capítulos. É lá que podemos assistir aos mais divertidos e patológicos casos de falha no caráter.

Reiteradas alusões induzirão o leitor a conceder maior atenção à Vereança, uma vez que as principais resoluções serão adotadas ou aprovadas no âmbito da Câmara — a vinda e instalação do médico alienista; a

[15] "— Olhe, D. Evarista, disse-lhe o padre Lopes, vigário do lugar, veja se seu marido dá um passeio ao Rio de Janeiro. Isso de estudar sempre, sempre, não é bom, vira o juízo" (Machado de Assis. *O Alienista*, op. cit., 1882, p. 4).

construção da "Casa de Orates"; a cobrança de tributos[16] a partir de cálculo sobre o uso de penachos nos cavalos; a entrega do vereador Galvão ao alienista, para alegria e alívio de seus pares.[17] A Câmara também serve como tablado para a exposição das fragilidades ideológicas de atores que agem conforme as circunstâncias favoráveis a si mesmos — o que não escapa ao exame atento do médico.

As decisões de Simão Bacamarte passam pelo crivo e voto da vereança. E aí está uma das grandes ironias: os revolucionários, sob as ordens de Porfírio, utilizam o mesmo fórum, outrora reservado aos vereadores, a fim de formalizar as suas reivindicações, revestindo-as

---

[16] Os episódios ambigentadas na Câmara de Itaguaí não se limitavam ao plano da ficção. Em 21 de julho de 1878, lemos do próprio escritor uma das várias referências feitas à Câmara de Vereadores do Rio de Janeiro: "Saibam, agora, que a Câmara resolveu autorizar o tesoureiro a comprar uma arca forte para recolher nela as suas rendas. Cáspite! [...] A primeira convicção política incutida em meu espírito foi que o município não tinha recursos" (Cf. *Obra Completa*, op. cit., 2015).

[17] Eugênio Gomes encontrou semelhanças entre a novela e um ensaio do irlandês Jonathan Swift: "[...] a influência de Swift, esta, recebeu-a Machado de Assis, provavelmente do ensaio *A serious and useful scheme to make an hospital for incurables*, com o qual Swift sugeriu a criação de um hospital para incuráveis, incuráveis morais: os escrevinhadores, os vadios, os incréus, os mentirosos e, além de tantos outros, os que fossem incuravelmente vaidosos, fátuos e impertinentes. [...] Certo de que a reclusão de tais incuráveis seria universalmente admitida como necessária, dado o número deles em todas as classes e condições de vida, Swift propõe que, além do tributo *per capita* para a manutenção do hospital, fosse criada uma taxa sobre as inscrições e lápides, monumentos e obeliscos em honra dos vivos, de vez que tudo isso trai mentira, orgulho e vaidade" (Cf. *Machado de Assis — influências inglesas*. Rio de Janeiro: Pallas, 1976, p. 40-41).

de tom protocolar, manifesto pela carta de Porfírio aos itaguaienses. As múltiplas razões por que a Câmara é citada tornam necessário relativizar sua importância. O leitor se depara com um espaço que reúne várias tendências ideológicas e questionáveis deliberações.[18]

A barbearia congrega a parcela popular. Porfírio torna-se o porta-voz responsável pelo impulso e divulgação, boca a boca — numa época que antecede a chegada da imprensa ao Brasil — dos eventos que têm lugar em Itaguaí, principalmente os que se referiam à Casa Verde, "Bastilha da razão humana". Por sua vez, os poderosos Itaguaí caminhavam de mãos dadas há muito mais tempo. As insurreições populares — em alusão àquelas que tiveram lugar em várias províncias do país, durante o Império — evidenciam disparidades cruéis. Quanto à massa, ela costuma servir como pretexto para interesses escusos de uma minoria — a parcela que efetivamente lucra com as sobras da morte dos manifestantes.

O regime de guerra é geral. Até mesmo os barbeiros (Porfírio Caetano das Neves e João Pina) disputam nas tesouras não somente maior clientela, mas, também, o poder político da cidade. Motivações de personagens dúbias se emparelham às sofisticadas primeiras e

---

[18] Lê-se numa crônica de 1892: "Um dos meus velhos hábitos é ir, no tempo das câmaras, passar as horas nas galerias. Quando não há câmaras, vou à municipal ou intendência, onde quer que possa fartar o meu amor dos negócios públicos, e mais particularmente da eloquência humana. [...] Cada cousa tem uma hora própria, leitor feito às pressas. Na galeria, é meu costume dividir o tempo entre ouvir e dormir. [...] Há dias em que o guarda vem bater-me do ombro.

— Que é?

— Sai daí, já acabou" (Cf. Machado de Assis. *Obra Completa*, op. cit., 2015).

segundas intenções do médico, contempladas pelo olhar atento do Padre Lopes — personagem diplomática que recorre a outras artimanhas, em reação à onipotência e onipresença do alienista.

É digo de nota que a sociedade itaguaiense esteja hierarquizada de acordo com os espaços onde transitam as personagens. A Casa Verde abriga os tratados como marginais; a residência de Simão e a Câmara de Vereadores reúnem, salvo exceções (por ocasião da revolta popular), pessoas dos altos escalões sociais, em cujas mãos está o destino dos supostos dementes e ajuizados do vilarejo. Por sinal, quando invadida pelos revoltosos, a importância da Câmara é fortalecida: assume definitivamente o estatuto de território máximo da autoridade política. Já a barbearia representa o encontro e a articulação dos revoltosos — parcela social menos privilegiada e mais enfurecida, sob as ordens de um barbeiro com vistas ao posto de líder revolucionário.

Dadas as proporções da narrativa, há menor detalhamento dos espaços domésticos, diferentemente do que se observa especialmente nos romances de Machado, onde a descrição era um dos principais expedientes narrativos. Vale lembrar que importantes eventos são explorados em duas ocasiões, ambas na casa de Bacamarte. No primeiro lance, somos informados quanto às dimensões da instalação. A mesa de jantar tinha capacidade de acomodar cinquenta convivas — número que coincide com a quantidade de janelas laterais da Casa Verde. O cenário convida aos discursos inflamados proferidos por Martim Brito, jovem com os mesmos vinte e cinco anos de Evarista, alvo de seus elogios disparatados:

> [Martim Brito], pintalegrete acabado, curtido de namoros e aventuras, declamou um discurso em que o nascimento de D. Evarista era explicado pelo mais singular dos reptos. "Deus, disse ele, depois de dar ao universo o homem e a mulher, esse diamante e essa pérola da coroa divina (e o orador arrastava triunfalmente esta frase de uma ponta a outra da mesa) Deus quis vencer a Deus, e criou D. Evarista".[19]

Outro episódio relevante acontece enquanto a mucama Benedita dá pontos num dos numerosos vestidos de seda que sua patroa Evarista trouxera do Rio de Janeiro. O médico se dirige à "varanda da frente"[20] para escutar, mas principalmente calar, os manifestantes:

> O alienista sorriu, mas o sorriso desse grande homem não era cousa visível aos olhos da multidão; era uma contração leve de dons ou três músculos, nada mais. Sorriu e respondeu:
>
> — Meus senhores, a ciência é coisa seria, e merece ser tratada com seriedade. Não dou razão dos meus atos de alienista a ninguém, salvo aos mestres e a Deus. Se quereis emendar a administração da Casa Verde, estou pronto a ouvir-vos; mas se exigis que me negue a mim

---

[19] Machado de Assis. *O Alienista*, op. cit., 1882, p. 36-37.

[20] Segundo Nicolau Sevcenko, na passagem do Império à República, em 1889, as varandas eram consideradas símbolos arquitetônicos do regime anterior. Esta informação pode ser ilustrada com o famoso "dia do fico", em que Dom Pedro I, da varanda da casa real, teria proferido à população a resolução de permanecer no Brasil, contrariando os interesses da coroa portuguesa — principalmente, as ordens dadas por seu pai, Dom João VI. (*Literatura como missão*, São Paulo: Brasiliense, 1983).

mesmo, não ganhareis nada. Poderia convidar alguns de vós, em comissão dos outros, a vir ver comigo os loucos reclusos; mas não o faço, porque seria dar-vos razão do meu sistema, o que não farei a leigos, nem a rebeldes.[21]

Note-se que Machado estiliza os discursos de Pedro I, registrados pela história oficial. A paródia da documentação oficial será ainda mais evidente quando Porfírio se dirigir ao punhado de revoltosos, horas depois, contando com a adesão dos soldados e após destituir os vereadores:

> *Itaguaienses!*
>
> *Uma câmara corrupta e violenta conspirava contra os interesses de Sua Majestade e do povo. A opinião pública tinha-a condenado; um punhado de cidadãos, fortemente apoiados pelos bravos dragões de Sua Majestade, acaba de a dissolver ignominiosamente, e por unânime consenso da vila, foi-me confiado o mando supremo, até que Sua Majestade se sirva ordenar o que parecer melhor ao seu real serviço. Itaguaienses! não vos peço se não que me rodeeis de confiança, que me auxilieis em restaurar a paz e a fazenda pública, tão desbaratada pela câmara que ora findou às vossas mãos. Contai com o meu sacrifício, e ficai certos de que a coroa será por nós.*

---

[21] Machado de Assis. *O Alienista*, op. cit., 1882, p. 48-49.

O Protetor da vila em nome de Sua Majestade e do povo[22]

Porfírio Caetano das Neves.

Uma Poética do Talvez

O estágio final de Simão será marcado por sua própria reclusão no sanatório, mediante a libertação de todos os prisioneiros, devidamente submetidos a terapias específicas em favor da cura de cada um de seus vícios, convertidos em virtudes. Coroando suas firmes resoluções, o médico admite ser o único habitante da cidade a trazer características não extremadas. O alienista não perde seu caráter tirânico, ainda que a sua autoridade não possa ser configurada como fruto de mera sede de poder ou renome — tão usual em outros tipos machadianos. Barreto Filho chamou atenção para o caráter alegórico da narrativa:

> O poder público sufoca as reações populares, em nome da ciência, aliando-se ao delírio raciocinante do sábio. A religião, encarnada na pessoa do Padre Lopes desempenha em vão o seu papel de lutar pelo bom senso, afrontando os excessos do racionalismo, mas a tragédia coletiva prossegue. [...] Quem conhece a nossa

[22] Em 13 de maio de 1822, foi concedido a Dom Pedro I o título de "Protetor e Defensor Perpétuo do Brasil". A esse respeito, consulte-se: https://www2.camara.leg.br/a-camara/conheca/presidentes/imperio1.html – acesso em 13 de novembro de 2022.

complacência por tudo o que se revista de uma aparência científica, a nossa facilidade em nos empenharmos em tentativas improváveis, quem observa a fragilidade de nossas resistências em face das teorias improváveis [...] em uma palavra, o nosso gosto pelas panaceias, sabe o que Machado de Assis queria estigmatizar na forma alegórica dessa novela.[23]

Determinados eventos recebem maior ou menor relevância, por obra do narrador. Repare-se que os sete dias gastos nos festejos para inauguração da Casa Verde são relatados em algumas linhas, enquanto a revolta insuflada por Porfírio, bem como as discussões entre os vereadores na câmara (que duraram horas) ganham muitas páginas. A narrativa prioriza as intrigas da província. Ilustra-se, na própria estrutura do relato, que a rapidez para se aprovar a construção do gigantesco sanatório, reproduz um dado recorrente na sociedade brasileira: a maior ou menor presteza dos políticos e demais poderosos, segundo o alvo de seus interesses.

Para a fundação e manutenção da Casa Verde bastou que se aprovassem rápidas medidas, mediante miraculosos recursos necessários, propostos na Assembleia da própria Câmara. Já nas tentativas quanto à destituição do alienista, os revoltosos empregaram tempo muito maior, enfrentando dragões enviados pelo vice-rei, além de sacrificar vidas e contabilizar feridos, sem que a autoridade do médico fosse efetivamente abalada.

---

[23] *Introdução a Machado de Assis*. Rio de Janeiro: Agir, 1947, p. 112-3.

O teor do enredo; as imprecisões do relato; a prioridade do narrador às contendas são fatores que colocam em xeque a sabedoria de Bacamarte, uma vez que suas premissas, métodos e objetivos soam ambivalentes. Se prestarmos atenção aos métodos do cientista — considerados abusivos tanto para as camadas populares quanto para alguns cidadãos distintos — detectaremos na loucura a justificativa bem-acabada para a poética do talvez, na conciliação esdrúxula dos contrastes. A esse respeito, o escritor deixou contos exemplares, constantemente referidos pela crítica: teoremas ficcionais que sugerem quão tênues são os limites entre vício e virtude.

Essas e outras dicotomias fazem relativizar não somente a lucidez, como também a insanidade. Até que ponto valeram ao Dr. Simão Bacamarte, sua investigação e terapêutica? O poder é contagioso. O próprio líder dos Canjicas (Porfírio), ao assumir a liderença, ilustrado pela dissolução temporária da Câmara de Vereadores da vila, em lugar de destituir o cientista, propõe-lhe atitudes de conciliação para enfrentar os revoltosos: "Unamo-nos, e o povo saberá obedecer".[24]

Aparentemente, Bacamarte não tem interesse pela publicidade barata ou poder político, embora necessite dele — o poder público instituído e representado pelos vereadores de Itaguaí — para dar prosseguimento aos seus objetos científicos, trazendo para a província uma dose de esclarecimento despótico revestido de ciência desinteressada. Ao conceder a Itaguaí escala universal, Simão propõe ao mundo representado pelos itaguaienses o seu modelo de sabedoria: a pequena vila constitui-se

---

[24] Machado de Assis. *O Alienista*, op. cit., 1882, p. 61.

em estágio de plano muito mais ambicioso: a cura de todos os enfermos mentais do planeta.

É curioso que, enquanto porta-voz da ciência, conhecedor da Bíblia e de grandes nomes da cultura Oriental, Simão acabe por se integrar sem adaptação a um painel social muito interessante: a população abriga algumas das típicas profissões do final do século XVIII (Benedita, mucama de D. Evarista; barbeiros, vereadores, o padre, o albardeiro, os almotacés...). As ocupações fazem parte do enquadramento dessa história em uma possível paródia machadiana do cenário da Corte, em vias de se aclimatar no Brasil — cujos modos deixaram herdeiros por muitas gerações. O fato de o enredo transcorrer no limiar entre o Setecentos e o Oitocentos também permitiu a Machado parodiar alguns capítulos da Revolução Francesa, como sugerem o título dado a alguns capítulos, inclusive...

De volta ao plano da intriga. Obcecado por definir limites entre a razão e insânia, o médico instaura uma nova (des)ordem. Fiel da balança, as providências que adota oscilam como os pratos, nunca estáveis. A partir do momento em que ele age sobressaem mesquinharias, frivolidades e inconstâncias numa vila que é versão em miniatura do mundo. Itaguaí está colocada sob o jugo de um demiurgo. O racionalismo de Simão Bacamarte é extremado. Por isso mesmo, afunila-se a capacidade de diagnosticar patologias mentais, éticas ou morais. As conclusões a que ele chega reduzem-se, em consonância com os territórios e cenários que ele ocupa: de Portugal para Itaguaí; de Itaguaí para o Hospício; de médico a paciente. A pretensão de Bacamarte não era pequena, o que é sugerido desde a primeira fala:

Não havia na colônia, e ainda no reino, uma só autoridade em semelhante matéria, mal explorada, ou quase inexplorada. Simão Bacamarte compreendeu que a ciência lusitana, e particularmente a brasileira, podia cobrir-se de "louros imarcessíveis" — expressão usada por ele mesmo, mas em um arroubo de intimidade doméstica; exteriormente era modesto, segundo convém aos sabedores.

— A saúde da alma, bradou ele, é a ocupação mais digna do médico.

— Do verdadeiro médico, emendou Crispim Soares, boticário da vila, e um dos seus amigos e comensais.[25]

Entretanto, a inconstância dos itagauienses confere promeminência ao alienista, por conta dos contrastes entre um e outros. Esses traços de personalidade são construídos sub-repticiamente, confundindo-se virtudes e vícios quase sempre em benefício do médico, considerando que "a paciência do alienista era ainda mais extraordinária do que todas as manias hospedadas na Casa Verde; nada menos que assombrosa".[26]

A percepção da loucura (ou da lucidez) abala as hipóteses de uma personagem que é tanto portuguesa quanto brasileira. Uma das consequências consiste no comportamento ambíguo do médico, a refletir a duplicidade de suas deduções. Conduzidos conforme o ponto de vista das demais personagens, mas principalmente do narrador, suspeitamos que Bacamarte seja um ser desprovido de razão, ainda que se portasse de modo frio, rigoroso e sistemático.

---

[25] Machado de Assis. *O Alienista*, op. cit., 1882, p. 3.
[26] Machado de Assis. *O Alienista*, op. cit., 1882, p. 11.

I. De como Itaguaí ganhou uma Casa de Orates[1]

As crônicas da vila de Itaguaí dizem que em tempos remotos vivera ali um certo médico, o Dr. Simão Bacamarte, filho da nobreza da terra e o maior dos médicos do Brasil, de Portugal e das Espanhas. Estudara em Coimbra e Pádua. Aos trinta e quatro anos regressou ao Brasil, não podendo el-rei alcançar dele que ficasse em Coimbra, regendo a universidade, ou em Lisboa, expedindo os negócios da monarquia.

— A Ciência — disse ele a Sua Majestade — é o meu emprego único; Itaguaí é o meu universo.

Dito isto, meteu-se em Itaguaí, e entregou-se de corpo e alma ao estudo da Ciência, alternando as curas com as leituras, e demonstrando os teoremas com cataplasmas. Aos quarenta anos casou com D. Evarista da Costa e Mascarenhas, senhora de vinte e cinco anos, viúva de um juiz de fora, e não bonita nem simpática. Um dos tios dele, caçador de pacas perante o Eterno, e não menos franco, admirou-se de semelhante escolha e disse-lho. Simão Bacamarte explicou-lhe que D. Evarista reunia condições fisiológicas e anatômicas de primeira ordem, digeria com facilidade, dormia regularmente, tinha bom pulso e excelente vista; estava assim apta para dar-lhe filhos robustos, sãos e inteligentes. Se além dessas prendas — únicas dignas da preocupação de um sábio — D. Evarista era mal composta de feições,

[1] Hospício. (N. do E.)

longe de lastimá-lo, agradecia-o a Deus, porquanto não corria o risco de preterir os interesses da Ciência na contemplação exclusiva, miúda e vulgar da consorte.

D. Evarista mentiu às esperanças do Dr. Bacamarte, não lhe deu filhos robustos nem mofinos. A índole natural da Ciência é a longanimidade; o nosso médico esperou três anos, depois quatro, depois cinco. Ao cabo desse tempo fez um estudo profundo da matéria, releu todos os escritores árabes e outros, que trouxera para Itaguaí, enviou consultas às universidades italianas e alemãs, e acabou por aconselhar à mulher um regímen alimentício especial. A ilustre dama, nutrida exclusivamente com a bela carne de porco de Itaguaí, não atendeu às admoestações do esposo; e à sua resistência — explicável, mas inqualificável — devemos a total extinção da dinastia dos Bacamartes.

Mas a Ciência tem o inefável dom de curar todas as mágoas; o nosso médico mergulhou inteiramente no estudo e na prática da medicina. Foi então que um dos recantos desta lhe chamou especialmente a atenção — o recanto psíquico, o exame de patologia cerebral. Não havia na colônia, e ainda no reino, uma só autoridade em semelhante matéria, mal explorada, ou quase inexplorada. Simão Bacamarte compreendeu que a Ciência lusitana, e particularmente a brasileira, podia cobrir-se de "louros imarcescíveis" — expressão usada por ele mesmo, mas em um arroubo de intimidade doméstica; exteriormente era modesto, segundo convém aos sabedores.

— A saúde da alma — bradou ele — é a ocupação mais digna do médico.

— Do verdadeiro médico — emendou Crispim Soares, boticário da vila, e um dos seus amigos e comensais.

A vereança de Itaguaí, entre outros pecados de que é arguida pelos cronistas, tinha o de não fazer caso dos dementes. Assim é que cada louco furioso era trancado em uma alcova, na própria casa, e não curado, mas descurado, até que a morte o vinha defraudar do benefício da vida; os mansos andavam à solta pela rua. Simão Bacamarte entendeu desde logo reformar tão ruim costume; pediu licença à câmara para agasalhar e tratar no edifício que ia construir todos os loucos de Itaguaí e das demais vilas e cidades, mediante um estipêndio, que a câmara lhe daria quando a família do enfermo o não pudesse fazer. A proposta excitou a curiosidade de toda a vila, e encontrou grande resistência, tão certo é que dificilmente se desarraigam hábitos absurdos, ou ainda maus. A ideia de meter os loucos na mesma casa, vivendo em comum, pareceu em si mesma sintoma de demência e não faltou quem o insinuasse à própria mulher do médico.

— Olhe, D. Evarista — disse-lhe o padre Lopes, vigário do lugar — veja se seu marido dá um passeio ao Rio de Janeiro. Isso de estudar sempre, sempre, não é bom, vira o juízo.

D. Evarista ficou aterrada. Foi ter com o marido, disse-lhe "que estava com desejos", um principalmente, o de vir ao Rio de Janeiro e comer tudo o que a ele lhe parecesse adequado a certo fim. Mas aquele grande homem, com a rara sagacidade que o distinguia, penetrou a intenção da esposa e redarguiu-lhe sorrindo que não tivesse medo. Dali foi à câmara, onde os vereadores debatiam a proposta, e defendeu-a com tanta eloquência, que a maioria resolveu autorizá-lo ao que pedira, votando ao mesmo tempo um imposto destinado a subsidiar o tratamento, alojamento e mantimento dos doidos pobres. A matéria do imposto não foi fácil achá-la; tudo estava tributado em Itaguaí. Depois de longos estudos, assentou-se em permitir o uso de dois penachos nos cavalos dos enterros. Quem quisesse emplumar os cavalos de um coche mortuário pagaria dois tostões à câmara, repetindo-se tantas vezes esta quantia quantas fossem as horas decorridas entre a do falecimento e a da última bênção na sepultura. O escrivão perdeu-se nos cálculos aritméticos do rendimento possível da nova taxa; e um dos vereadores, que não acreditava na empresa do médico, pediu que se relevasse o escrivão de um trabalho inútil.

— Os cálculos não são precisos — disse ele — porque o Dr. Bacamarte não arranja nada. Quem é que viu agora meter todos os doidos dentro da mesma casa?

Enganava-se o digno magistrado; o médico arranjou tudo. Uma vez empossado da licença começou logo a construir a casa. Era na Rua Nova, a mais bela rua de Itaguaí naquele tempo; tinha cinquenta janelas por lado, um pátio no centro, e numerosos cubículos para os hóspedes. Como fosse grande arabista, achou no Corão que Maomé declara veneráveis os doidos, pela consideração de que Alá lhes tira o juízo para que não pequem. A ideia pareceu-lhe bonita e profunda, e ele a fez gravar no frontispício da casa; mas, como tinha medo ao vigário, e por tabela ao bispo, atribuiu o pensamento a Benedito VIII, merecendo com essa fraude, aliás pia, que o padre Lopes lhe contasse, ao almoço, a vida daquele pontífice eminente.

A Casa Verde foi o nome dado ao asilo, por alusão à cor das janelas, que pela primeira vez apareciam verdes em Itaguaí. Inaugurou-se com imensa pompa; de todas as vilas e povoações próximas, e até remotas, e da própria cidade do Rio de Janeiro, correu gente para assistir às cerimônias, que duraram sete dias. Muitos dementes já estavam recolhidos; e os parentes tiveram ocasião de ver o carinho paternal e a caridade cristã com que eles iam ser tratados. D. Evarista, contentíssima com a glória do marido, vestiu-se luxuosamente, cobriu-se de joias, flores e sedas. Ela foi uma verdadeira rainha naqueles dias memoráveis; ninguém deixou de ir visitá-la duas e três vezes, apesar dos costumes caseiros e recatados do século, e não só a cortejavam como a louvavam; porquanto — e este fato é um documento altamente honroso para a sociedade do tempo —, porquanto viam nela a feliz esposa de um alto espírito, de um varão ilustre, e, se lhe tinham inveja, era a santa e nobre inveja dos admiradores.

Ao cabo de sete dias expiraram as festas públicas; Itaguaí tinha finalmente uma Casa de Orates.

II. Torrentes de loucos

Três dias depois, numa expansão íntima com o boticário Crispim Soares, desvendou o alienista o mistério do seu coração.

— A caridade, Sr. Soares, entra decerto no meu procedimento, mas entra como tempero, como o sal das coisas, que é assim que interpreto o dito de São Paulo aos Coríntios: "Se eu conhecer quanto se pode saber, e não tiver caridade, não sou nada." O principal nesta minha obra da Casa Verde é estudar profundamente a loucura, os seus diversos graus, classificar-lhe os casos, descobrir enfim a causa do fenômeno e o remédio universal. Este é o mistério do meu coração. Creio que com isto presto um bom serviço à humanidade.

— Um excelente serviço — corrigiu o boticário.

— Sem este asilo — continuou o alienista — pouco poderia fazer; ele dá-me, porém, muito maior campo aos meus estudos.

— Muito maior — acrescentou o outro.

E tinha razão. De todas as vilas e arraiais vizinhos afluíam loucos à Casa Verde. Eram furiosos, eram mansos, eram monomaníacos, era toda a família dos deserdados do espírito. Ao cabo de quatro meses, a Casa Verde era uma povoação. Não bastaram os primeiros cubículos; mandou-se anexar uma galeria de mais trinta e sete. O padre Lopes confessou que não imaginara a existência de tantos doidos no mundo, e menos ainda o inexplicável de alguns casos. Um, por exemplo, um rapaz bronco e vilão, que todos os dias, depois do almoço, fazia regularmente um discurso acadêmico, ornado de tropos, de antíteses, de apóstrofes, com seus recamos de grego e latim, e suas borlas de Cícero, Apuleio e Tertuliano. O vigário não queria acabar de crer. Quê! Um rapaz que ele vira, três meses antes, jogando peteca na rua!

— Não digo que não — respondia-lhe o alienista —; mas a verdade é o que Vossa Reverendíssima está vendo. Isto é todos os dias.

— Quanto a mim — tornou o vigário —, só se pode explicar pela confusão das línguas na torre de Babel, segundo nos conta a Escritura; provavelmente, confundidas antigamente as línguas, é fácil trocá-las agora, desde que a razão não trabalhe...

— Essa pode ser, com efeito, a explicação divina do fenômeno — concordou o alienista depois de refletir um instante —, mas não é impossível que haja também alguma razão humana, e puramente científica, e disso trato...

— Vá que seja, e fico ansioso. Realmente!

Os loucos por amor eram três ou quatro, mas só dois espantavam pelo curioso do delírio. O primeiro, um Falcão, rapaz de vinte e cinco anos, supunha-se estrela-d'alva, abria os braços e alargava as pernas, para dar-lhes certa feição de raios, e ficava assim horas esquecidas a perguntar se o sol já tinha saído para ele recolher-se. O outro andava sempre, sempre, sempre, à roda das salas ou do pátio, ao longo dos corredores, à procura do fim do mundo. Era um desgraçado, a quem a mulher deixou por seguir um peralvilho. Mal descobrira a fuga, armou-se de uma garrucha, e saiu-lhes no encalço; achou-os duas horas depois, ao pé de uma lagoa, matou-os a ambos com os maiores requintes de crueldade.

O ciúme satisfez-se, mas o vingado estava louco. E então começou aquela ânsia de ir ao fim do mundo à cata dos fugitivos.

A mania das grandezas tinha exemplares notáveis. O mais notável era um pobre-diabo, filho de um algibebe, que narrava às paredes (porque não olhava nunca para nenhuma pessoa) toda a sua genealogia, que era esta:

— Deus engendrou um ovo, o ovo engendrou a espada, a espada engendrou Davi, Davi engendrou a púrpura, a púrpura engendrou o duque, o duque engendrou o marquês, o marquês engendrou o conde, que sou eu.

Dava uma pancada na testa, um estalo com os dedos, e repetia cinco, seis vezes seguidas:

— Deus engendrou um ovo, o ovo, etc.

Outro da mesma espécie era um escrivão, que se vendia por mordomo do rei; outro era um boiadeiro de Minas, cuja mania era distribuir boiadas a toda gente, dava trezentas cabeças a um, seiscentas a outro, mil e duzentas a outro, e não acabava mais. Não falo dos casos de monomania religiosa; apenas citarei um sujeito que, chamando-se João de Deus, dizia agora ser o deus João, e prometia o reino dos céus a quem o adorasse, e as penas do inferno aos outros; e depois desse, o licenciado Garcia, que não dizia nada, porque imaginava que, no dia em que chegasse a proferir uma só palavra, todas as estrelas se despegariam do céu e abrasariam a terra; tal era o poder que recebera de Deus.

Assim escrevia ele no papel que o alienista lhe mandava dar, menos por caridade do que por interesse científico.

Que, na verdade, a paciência do alienista era ainda mais extraordinária do que todas as manias hospedadas na Casa Verde; nada menos que assombrosa. Simão Bacamarte começou por organizar um pessoal de administração; e, aceitando essa ideia ao boticário Crispim

Soares, aceitou-lhe também dois sobrinhos, a quem incumbiu da execução de um regimento que lhes deu, aprovado pela câmara, da distribuição da comida e da roupa, e assim também da escrita, etc. Era o melhor que podia fazer, para somente cuidar do seu ofício. — A Casa Verde — disse ele ao vigário — é agora uma espécie de mundo, em que há o governo temporal e o governo *espiritual*. — E o padre Lopes ria deste pio trocado —, e acrescentava, com o único fim de dizer também uma chalaça: — Deixe estar, deixe estar, que hei de mandá-lo denunciar ao papa.

Uma vez desonerado da administração, o alienista procedeu a uma vasta classificação dos seus enfermos. Dividiu-os primeiramente em duas classes principais: os furiosos e os mansos; daí passou às subclasses, monomanias, delírios, alucinações diversas. Isto feito, começou um estudo acurado e contínuo; analisava os hábitos de cada louco, as horas de acesso, as aversões, as simpatias, as palavras, os gestos, as tendências, inquiria da vida dos enfermos, profissão, costumes, circunstâncias da revelação mórbida, acidentes da infância e da mocidade, doenças de outra espécie, antecedentes na família, uma devassa enfim, como não a faria o mais atilado corregedor. E cada dia notava uma observação nova, uma descoberta, um fenômeno extraordinário. Ao mesmo tempo estudava o melhor regímen, as substâncias medicamentosas, os meios curativos e os meios paliativos, não só os que vinham nos seus amados árabes, como os que ele mesmo descobria, à força de sagacidade e paciência. Ora, todo esse trabalho levava-lhe o melhor e o mais do tempo. Mal dormia e mal comia; e, ainda comendo, era como se trabalhasse, porque ora interrogava um texto antigo, ora ruminava uma questão, e ia muitas vezes de um cabo a outro do jantar sem dizer uma só palavra a D. Evarista.

III. Deus sabe o que faz

A ilustre dama, no fim de dois meses, achou-se a mais desgraçada das mulheres; caiu em profunda melancolia, ficou amarela, magra, comia pouco e suspirava a cada canto. Não ousava fazer-lhe nenhuma queixa ou reproche, porque respitava nele o seu marido e senhor, mas padecia calada, e definhava a olhos vistos. Um dia, ao jantar, como lhe perguntasse o marido o que é que tinha, respondeu tristemente que nada; depois atreveu-se um pouco, e foi ao ponto de dizer que se considerava tão viúva como dantes. E acrescentou:

— Quem diria nunca que meia dúzia de lunáticos...

Não acabou a frase; ou antes, acabou-a levantando os olhos ao teto — os olhos, que eram a sua feição mais insinuante —, negros, grandes, lavados de uma luz úmida, como os da aurora. Quanto ao gesto, era o mesmo que empregara no dia em que Simão Bacamarte a pediu em casamento. Não dizem as crônicas se D. Evarista brandiu aquela arma com o perverso intuito de degolar de uma vez a Ciência, ou, pelo menos, decepar-lhe as mãos; mas a conjetura é verossímil. Em todo caso, o alienista não lhe atribuiu intenção. E não se irritou o grande homem, não ficou sequer consternado. O metal de seus olhos não deixou de ser o mesmo metal, duro, liso, eterno, nem a menor prega veio quebrar a superfície da fronte quieta como a água de Botafogo. Talvez um sorriso lhe descerrou os lábios, por entre os quais filtrou esta palavra macia como o óleo do Cântico:[1]

---

[1] Referência ao *Cântico dos Cânticos*, de Salomão. (N. do E.)

— Consinto que vás dar um passeio ao Rio de Janeiro.

D. Evarista sentiu faltar-lhe o chão debaixo dos pés. Nunca dos nuncas vira o Rio de Janeiro, que posto não fosse sequer uma pálida sombra do que hoje é, todavia era alguma coisa mais do que Itaguaí. Ver o Rio de Janeiro, para ela, equivalia ao sonho do hebreu cativo. Agora, principalmente, que o marido assentara de vez naquela povoação interior, agora é que ela perdera as últimas esperanças de respirar os ares da nossa boa cidade; e justamente agora é que ele a convidava a realizar os seus desejos de menina e moça. D. Evarista não pôde dissimular o gosto de semelhante proposta. Simão Bacamarte pegou-lhe na mão e sorriu — um sorriso tanto ou quanto filosófico, além de conjugal, em que parecia traduzir-se este pensamento: — "Não há remédio certo para as dores da alma; esta senhora definha, porque lhe parece que a não amo; dou-lhe o Rio de Janeiro, e consola-se." E porque era homem estudioso tomou nota da observação.

Mas um dardo atravessou o coração de D. Evarista. Conteve-se, entretanto; limitou-se a dizer ao marido que, se ele não ia, ela não iria também, porque não havia de meter-se sozinha pelas estradas.

— Irá com sua tia — redarguiu o alienista.

Note-se que D. Evarista tinha pensado nisso mesmo; mas não quisera pedi-lo nem insinuá-lo, em primeiro lugar porque seria impor grandes despesas ao marido, em segundo lugar porque era melhor, mais metódico e racional que a proposta viesse dele.

— Oh, mas o dinheiro que será preciso gastar! — suspirou D. Evarista sem convicção.

— Que importa? Temos ganho muito — disse o marido. Ainda ontem o escriturário prestou-me contas. Queres ver?

E levou-a aos livros. D. Evarista ficou deslumbrada. Era uma via-láctea de algarismos. E depois levou-a às arcas, onde estava o dinheiro.

Deus! Eram montes de ouro, eram mil cruzados sobre mil cruzados, dobrões sobre dobrões; era a opulência.

Enquanto ela comia o ouro com os seus olhos negros, o alienista fitava-a, e dizia-lhe ao ouvido com a mais pérfida das alusões:

— Quem diria que meia dúzia de lunáticos...

D. Evarista compreendeu, sorriu e respondeu com muita resignação:

— Deus sabe o que faz!

Três meses depois efetuava-se a jornada. D. Evarista, a tia, a mulher do boticário, um sobrinho deste, um padre que o alienista conhecera em Lisboa, e que de aventura achava-se em Itaguaí, cinco ou seis pajens, quatro mucamas, tal foi a comitiva que a população viu dali sair em certa manhã do mês de maio. As despedidas foram tristes para todos, menos para o alienista. Conquanto as lágrimas de D. Evarista fossem abundantes e sinceras, não chegaram a abalá-lo. Homem de Ciência, e só de Ciência, nada o consternava fora da Ciência; e se alguma coisa o preocupava naquela ocasião, se ele deixava correr pela multidão um olhar inquieto e policial, não era outra coisa mais do que a ideia de que algum demente podia achar-se ali misturado com a gente de juízo.

— Adeus! — soluçaram enfim as damas e o boticário.

E partiu a comitiva. Crispim Soares, ao tornar a casa, trazia os olhos entre as duas orelhas da besta ruana em que vinha montado; Simão Bacamarte alongava os seus pelo horizonte adiante, deixando ao cavalo a responsabilidade do regresso. Imagem vivaz do gênio e do vulgo! Um fita o presente, com todas as suas lágrimas e saudades, outro devassa o futuro com todas as suas auroras.

IV. Uma teoria nova

Ao passo que D. Evarista, em lágrimas, vinha buscando o Rio de Janeiro, Simão Bacamarte estudava por todos os lados uma certa ideia arrojada e nova, própria a alargar as bases da psicologia. Todo o tempo que lhe sobrava dos cuidados da Casa Verde era pouco para andar na rua, ou de casa em casa, conversando as gentes, sobre trinta mil assuntos, e virgulando as falas de um olhar que metia medo aos mais heroicos.

Um dia de manhã — eram passadas três semanas —, estando Crispim Soares ocupado em temperar um medicamento, vieram dizer-lhe que o alienista o mandava chamar.

— Trata-se de negócio importante, segundo ele me disse — acrescentou o portador.

Crispim empalideceu. Que negócio importante podia ser, senão alguma notícia da comitiva, e especialmente da mulher? Porque este tópico deve ficar claramente definido, visto insistirem nele os cronistas; Crispim amava a mulher, e, desde trinta anos, nunca estiveram separados um só dia. Assim se explicam os monólogos que ele fazia agora, e que os fâmulos lhe ouviam muita vez: "Anda, bem feito, quem te mandou consentir na viagem de Cesária? Bajulador, torpe bajulador! Só para adular ao Dr. Bacamarte. Pois agora aguenta-te; anda, aguenta-te, alma de lacaio, fracalhão, vil, miserável. Dizes amém a tudo, não é? Aí tens o lucro, biltre!" E muitos outros nomes feios, que um homem não deve dizer aos outros, quanto mais a si mesmo. Daqui a imaginar o efeito do recado é um nada. Tão depressa ele o recebeu como abriu mão das drogas e voou à Casa Verde.

Simão Bacamarte recebeu-o com a alegria própria de um sábio, uma alegria abotoada de circunspeção até o pescoço.

— Estou muito contente — disse ele.

— Notícias do nosso povo? — perguntou o boticário com a voz trêmula.

O alienista fez um gesto magnífico, e respondeu:

— Trata-se de coisa mais alta, trata-se de uma experiência científica. Digo experiência, porque não me atrevo a assegurar desde já a minha ideia; nem a Ciência é outra coisa, Sr. Soares, senão uma investigação constante. Trata-se, pois, de uma experiência, mas uma experiência que vai mudar a face da terra. A loucura, objeto dos meus estudos, era até agora uma ilha perdida no oceano da razão; começo a suspeitar que é um continente.

Disse isto e calou-se, para ruminar o pasmo do boticário. Depois explicou compridamente a sua ideia. No conceito dele a insânia abrangia uma vasta superfície de cérebros; e desenvolveu isto com grande cópia de raciocínios, de textos, de exemplos. Os exemplos achou-os na história e em Itaguaí; mas, como um raro espírito que era, reconheceu o perigo de citar todos os casos de Itaguaí, e refugiou-se na história. Assim, apontou com especialidade alguns personagens célebres, Sócrates, que tinha um demônio familiar, Pascal, que via um abismo à esquerda, Maomé, Caracala, Domiciano, Calígula, etc., uma enfiada de casos e pessoas, em que de mistura vinham entidades odiosas, e entidades ridículas. E porque o boticário se admirasse de uma tal promiscuidade, o alienista disse-lhe que era tudo a mesma coisa, e até acrescentou sentenciosamente:

— A ferocidade, Sr. Soares, é o grotesco a sério.

— Gracioso, muito gracioso! — exclamou Crispim Soares, levantando as mãos ao céu.

Quanto à ideia de ampliar o território da loucura, achou-a o boticário extravagante; mas a modéstia, principal adorno de seu espírito, não lhe sofreu confessar outra coisa além de um nobre entusiasmo; declarou-a sublime e verdadeira, e acrescentou que era "caso de matraca". Esta expressão não tem equivalente no estilo moderno. Naquele tempo, Itaguaí, que como as demais vilas, arraiais e povoações da colônia não dispunha de imprensa, tinha dois modos de divulgar uma notícia; ou por meio de cartazes manuscritos e pregados na porta da câmara e da matriz, ou por meio de matraca.

Eis em que consistia este segundo uso. Contratava-se um homem, por um ou mais dias, para andar as ruas do povoado, com uma matraca na mão.

De quando em quando tocava a matraca, reunia-se gente, e ele anunciava o que lhe incumbiam, — um remédio para sezões, umas terras lavradias, um soneto, um donativo eclesiástico, a melhor tesoura da vila, o mais belo discurso do ano, etc. O sistema tinha inconvenientes para a paz pública; mas era conservado pela grande energia de divulgação que possuía. Por exemplo, um dos vereadores — aquele justamente que mais se opusera à criação da Casa Verde — desfrutava a reputação de perfeito educador de cobras e macacos, e aliás nunca domesticara um só desses bichos; mas tinha o cuidado de fazer trabalhar a matraca todos os meses. E dizem as crônicas que algumas pessoas afirmavam ter visto cascavéis dançando no peito do vereador; afirmação perfeitamente falsa, mas só devida à absoluta confiança no sistema. Verdade, verdade, nem todas as instituições do antigo regímen mereciam o desprezo do nosso século.

— Há melhor do que anunciar a minha ideia, é praticá-la — respondeu o alienista à insinuação do boticário.

E o boticário, não divergindo sensivelmente deste modo de ver, disse-lhe que sim, que era melhor começar pela execução.

— Sempre haverá tempo de a dar à matraca — concluiu ele.

Simão Bacamarte refletiu ainda um instante, e disse:

— Suponho o espírito humano uma vasta concha, o meu fim, Sr. Soares, é ver se posso extrair a pérola, que é a razão; por outros termos, demarquemos definitivamente os limites da razão e da loucura. A razão é o perfeito equilíbrio de todas as faculdades; fora daí insânia; insânia e só insânia.

O vigário Lopes, a quem ele confiou a nova teoria, declarou lisamente que não chegava a entendê-la, que era uma obra absurda; e, se não era absurda, era de tal modo colossal que não merecia princípio de execução.

— Com a definição atual, que é a de todos os tempos — acrescentou —, a loucura e a razão estão perfeitamente delimitadas. Sabe-se onde uma acaba e onde a outra começa. Para que transpor a cerca?

Sobre o lábio fino e discreto do alienista roçou a vaga sombra de uma intenção de riso, em que o desdém vinha casado à comiseração; mas nenhuma palavra saiu de suas egrégias entranhas.

A Ciência contentou-se em estender a mão à teologia — com tal segurança, que a teologia não soube enfim se devia crer em si ou na outra. Itaguaí e o universo ficavam à beira de uma revolução.

V. O terror

Quatro dias depois, a população de Itaguaí ouviu consternada a notícia de que um certo Costa fora recolhido à Casa Verde.

— Impossível!

— Qual impossível! Foi recolhido hoje de manhã.

— Mas, na verdade, ele não merecia... Ainda em cima, depois de tanto que ele fez...

Costa era um dos cidadãos mais estimados de Itaguaí. Herdara quatrocentos mil cruzados em boa moeda de el-rei Dom João V, dinheiro cuja renda bastava, segundo lhe declarou o tio no testamento, para viver "até o fim do mundo". Tão depressa recolheu a herança, como entrou a dividi-la em empréstimos, sem usura, mil cruzados a um, dois mil a outro, trezentos a este, oitocentos àquele, a tal ponto que, no fim de cinco anos, estava sem nada. Se a miséria viesse de chofre, o pasmo de Itaguaí seria enorme; mas veio devagar; ele foi passando da opulência à abastança, da abastança à mediania, da mediania à pobreza, da pobreza à miséria, gradualmente. Ao cabo daqueles cinco anos, pessoas que levavam o chapéu ao chão, logo que ele assomava no fim da rua, agora batiam-lhe no ombro, com intimidade, davam-lhe piparotes no nariz, diziam-lhe pulhas. E o Costa sempre lhano, risonho. Nem se lhe dava de ver que os menos corteses eram justamente os que tinham ainda a dívida em aberto; ao contrário, parece que os agasalhava com maior prazer, e mais sublime resignação. Um dia, como um desses incuráveis devedores lhe atirasse uma chalaça grossa, e ele se risse dela, observou um desafeiçoado, com certa perfídia: — Você suporta esse sujeito para ver se ele lhe paga. — Costa não se deteve um minuto, foi ao devedor e perdoou-lhe a dívida. — Não admira, retorquiu o outro; o Costa abriu mão de uma estrela, que está no céu. — Costa era perspicaz, entendeu que ele negava todo o merecimento ao ato, atribuindo-lhe a intenção de rejeitar o que não vinham meter-lhe na algibeira. Era também pundonoroso e inventivo; duas horas depois achou um meio de provar que lhe não cabia um tal labéu: pegou de algumas dobras, e mandou-as de empréstimo ao devedor.

— Agora espero que... — pensou ele sem concluir a frase.

Esse último rasgo do Costa persuadiu a crédulos e incrédulos; ninguém mais pôs em dúvida os sentimentos cavalheirescos daquele digno cidadão. As necessidades mais acanhadas saíram à rua, vieram bater-lhe à porta, com os seus chinelos velhos, com as suas capas remendadas. Um verme, entretanto, roía a alma do Costa: era o conceito do desafeto. Mas isso mesmo acabou; três meses depois veio este pedir-lhe uns cento e vinte cruzados com promessa de restituir-lhos daí a dois dias; era o resíduo da grande herança, mas era também uma nobre desforra: Costa emprestou o dinheiro logo, logo, e sem juros. Infelizmente não teve tempo de ser pago; cinco meses depois era recolhido à Casa Verde.

Imagina-se a consternação de Itaguaí, quando soube do caso. Não se falou em outra coisa, dizia-se que o Costa ensandecera, ao almoço, outros que de madrugada; e contavam-se os acessos, que eram furiosos, sombrios, terríveis — ou mansos, e até engraçados, conforme as versões. Muita gente correu à Casa Verde, e achou o pobre Costa, tranquilo, um pouco espantado, falando com muita clareza, e perguntando por que motivo o tinham levado para ali. Alguns foram ter com o alienista. Bacamarte aprovava esses sentimentos de estima e compaixão, mas acrescentava que a Ciência era a Ciência, e que ele não podia deixar na rua um mentecapto. A última pessoa que intercedeu por ele (porque depois do que vou contar ninguém mais se atreveu a procurar o terrível médico) foi uma pobre senhora, prima do Costa. O alienista disse-lhe confidencialmente que este digno homem não estava no perfeito equilíbrio das faculdades mentais, à vista do modo como dissipara os cabedais que...

— Isso, não! isso, não! — interrompeu a boa senhora com energia. — Se ele gastou tão depressa o que recebeu, a culpa não é dele.

— Não?

— Não, senhor. Eu lhe digo como o negócio se passou. O defunto meu tio não era mau homem; mas quando estava furioso era capaz de nem tirar o chapéu ao Santíssimo. Ora, um dia, pouco tempo antes de morrer, descobriu que um escravo lhe roubara um boi; imagine como ficou. A cara era um pimentão; todo ele tremia, a boca escumava; lembra-me como se fosse hoje. Então um homem feio, cabeludo, em mangas de camisa, chegou-se a ele e pediu água. Meu tio (Deus lhe fale n'alma!) respondeu que fosse beber ao rio ou ao inferno. O homem olhou para ele, abriu a mão em ar de ameaça, e rogou esta praga: — Todo o seu dinheiro não há de durar mais de sete anos e um dia, tão certo como isto ser o sino-salamão![1] — E mostrou o sino-salamão

[1] Talismã composto por dois triângulos entrelaçados de modo a formar uma estrela, em cujo centro se encontra o nome de Alá. (N. do E.)

impresso no braço. Foi isto, meu senhor; foi esta praga daquele maldito.

Bacamarte espetara na pobre senhora um par de olhos agudos como punhais. Quando ela acabou, estendeu-lhe a mão polidamente, como se o fizesse à própria esposa do vice-rei, e convidou-a a ir falar ao primo. A mísera acreditou; ele levou-a à Casa Verde e encerrou-a na galeria dos alucinados.

A notícia desta aleivosia do ilustre Bacamarte lançou o terror à alma da população. Ninguém queria acabar de crer que, sem motivo, sem inimizade, o alienista trancasse na Casa Verde uma senhora perfeitamente ajuizada, que não tinha outro crime senão o de interceder por um infeliz. Comentava-se o caso nas esquinas, nos barbeiros; edificou-se um romance, umas finezas namoradas que o alienista outrora dirigira à prima do Costa, a indignação do Costa e o desprezo da prima. E daí a vingança. Era claro. Mas a austeridade do alienista, a vida de estudos que ele levava, pareciam desmentir uma tal hipótese. Histórias! Tudo isso era naturalmente a capa do velhaco. E um dos mais crédulos chegou a murmurar que sabia de outras coisas, não as dizia, por não ter certeza plena, mas sabia, quase que podia jurar.

— Você, que é intimo dele, não nos podia dizer o que há, o que houve, que motivo...

Crispim Soares derretia-se todo. Esse interrogar da gente inquieta e curiosa, dos amigos atônitos, era para ele uma consagração pública. Não havia duvidar; toda a povoação sabia enfim que o privado do alienista era ele, Crispim, o boticário, o colaborador do grande homem e das grandes coisas; daí a corrida à botica. Tudo isso dizia o carão jucundo e o riso discreto do boticário, o riso e o silêncio, porque ele não respondia nada; um, dois, três monossílabos, quando muito, soltos, secos, encapados no fiel sorriso, constante e miúdo, cheio de mistérios científicos, que ele não podia, sem desdouro nem perigo, desvendar a nenhuma pessoa humana.

"Há coisa", pensavam os mais desconfiados.

Um desses limitou-se a pensá-lo, deu de ombros e foi embora. Tinha negócios pessoais. Acabava de construir uma casa suntuosa. Só a casa bastava para deter e chamar toda gente; mas havia mais — a mobília, que ele mandara vir da Hungria e da Holanda, segundo contava, e que se podia ver do lado de fora, porque as janelas viviam abertas, e o jardim, que era uma obra-prima de arte e de gosto. — Esse homem, que enriquecera no fabrico de albardas, tinha tido sempre o sonho de uma casa magnífica, jardim pomposo, mobília rara. Não deixou o negócio das albardas, mas repousava dele na contemplação da casa nova, a primeira de Itaguaí, mais grandiosa do que a Casa Verde, mais nobre do que a da câmara. Entre a gente ilustre da povoação havia choro e ranger de dentes, quando se pensava, ou se falava, ou se louvava a casa do albardeiro — um simples albardeiro, Deus do céu!

— Lá está ele embasbacado — diziam os transeuntes, de manhã.

De manhã, com efeito, era costume do Mateus estatelar-se, no meio do jardim, com os olhos na casa, namorado, durante uma longa hora, até que vinham chamá-lo para almoçar. Os vizinhos, embora o cumprimentassem com certo respeito, riam-se por trás dele, que era um gosto. Um desses chegou a dizer que o Mateus seria muito mais econômico, e estaria riquíssimo, se fabricasse as albardas para si mesmo; epigrama ininteligível, mas que fazia rir às bandeiras despregadas.

— Agora lá está o Mateus a ser contemplado — diziam à tarde.

A razão deste outro dito era que, de tarde, quando as famílias saíam a passeio (jantavam cedo), usava o Mateus postar-se à janela, bem no centro, vistoso, sobre um fundo escuro, trajado de branco, atitude senhoril, e assim ficava duas e três horas até que anoitecia de todo. Pode crer-se que a intenção do Mateus era ser admirado e invejado, posto que ele não a confessasse a nenhuma pessoa, nem ao boticário, nem ao padre Lopes, seus grandes amigos. E entretanto não foi outra a alegação do boticário, quando o alienista lhe disse que o albardeiro talvez padecesse do amor das pedras, mania que ele Bacamarte descobrira e estudava desde algum tempo. Aquilo de contemplar a casa...

— Não, senhor — acudiu vivamente Crispim Soares.

— Não?

— Há de perdoar-me; mas talvez não saiba que ele de manhã examina a obra, não a admira; de tarde, são os outros que o admiram a ele e à obra. — E contou o uso do albardeiro, todas as tardes, desde cedo até o cair da noite.

Uma volúpia científica alumiou os olhos de Simão Bacamarte. Ou ele não conhecia todos os costumes do albardeiro, ou nada mais quis, interrogando o Crispim, do que confirmar alguma notícia incerta ou suspeita vaga. A explicação satisfê-lo; mas como tinha as alegrias próprias de um sábio, concentradas, nada viu o boticário que fizesse suspeitar uma intenção sinistra. Ao contrário, era de tarde, e o alienista pediu-lhe o braço para irem a passeio. Deus! Era a primeira vez que Simão Bacamarte dava ao seu privado tamanha honra, Crispim ficou trêmulo, atarantado, disse que sim, que estava pronto. Chegaram duas ou três pessoas de fora, Crispim mandou-as mentalmente a todos os diabos; não só atrasavam o passeio, como podia acontecer que Bacamarte elegesse alguma delas, para acompanhá-lo, e o dispensasse a ele. Que impaciência! Que aflição! Enfim, saíram. O alienista guiou para os lados da casa do albardeiro, viu-o à janela, passou cinco, seis vezes por diante, devagar, parando, examinando as atitudes, a expressão do rosto. O pobre Mateus, apenas notou que era objeto da curiosidade ou admiração do primeiro vulto de Itaguaí, redobrou de expressão, deu outro relevo às atitudes... Triste! Triste, não fez mais do que condenar-se; no dia seguinte, foi recolhido à Casa Verde.

— A Casa Verde é um cárcere privado — disse um médico sem clínica.

Nunca uma opinião pegou e grassou tão rapidamente. Cárcere privado: eis o que se repetia de norte a sul e de leste a oeste de Itaguaí, a medo, é verdade, porque, durante a semana que se seguiu à captura do pobre Mateus, vinte e tantas pessoas — duas ou três de consideração — foram recolhidas à Casa Verde. O alienista dizia que só eram admitidos os casos patológicos, mas pouca gente lhe dava crédito. Sucediam-se as versões populares. Vingança, cobiça de dinheiro, castigo de Deus, monomania do próprio médico, plano secreto do Rio de Janeiro com o fim de destruir em Itaguaí qualquer germe de prosperidade que viesse a brotar, arvorecer, florir, com desdouro e míngua daquela cidade, mil outras explicações, que não explicavam nada, tal era o produto diário da imaginação pública.

Nisto chegou do Rio de Janeiro a esposa do alienista, a tia, a mulher do Crispim Soares, e toda a mais comitiva — ou quase toda — que algumas semanas antes partira de Itaguaí. O alienista foi recebê-la, com o boticário, o padre Lopes, os vereadores e vários outros magistrados. O momento em que D. Evarista pôs os olhos na pessoa do marido é considerado pelos cronistas do tempo como um dos mais sublimes da história moral dos homens, e isto pelo contraste das duas naturezas, ambas extremas, ambas egrégias. D. Evarista soltou um grito, balbuciou uma palavra e atirou-se ao consorte — de um gesto que não se pode melhor definir do que comparando-o a uma mistura de onça e rola. Não assim o ilustre Bacamarte; frio como diagnóstico, sem desengonçar por um instante a rigidez científica, estendeu os braços à dona que caiu neles e desmaiou. Curto incidente; ao cabo de dois minutos D. Evarista recebia os cumprimentos dos amigos e o préstito punha-se em marcha.

D. Evarista era a esperança de Itaguaí; contava-se com ela para minorar o flagelo da Casa Verde. Daí as aclamações públicas, a imensa gente que atulhava as ruas, as flâmulas, as flores e damascos às janelas. Com o braço apoiado no do padre Lopes — porque o eminente confiara a mulher ao vigário e acompanhava-os a passo meditativo — D. Evarista voltava a cabeça a um lado e outro, curiosa, inquieta, petulante. O vigário indagava do Rio de Janeiro, que ele não vira desde o vice-reinado anterior, e D. Evarista respondia entusiasmada que era a coisa mais bela que podia haver no mundo. O Passeio Público estava acabado, um paraíso onde ela fora muitas vezes, e a Rua das Belas Noites, o chafariz das Marrecas... Ah, o chafariz das Marrecas! Eram mesmo marrecas —

feitas de metal e despejando água pela boca fora. Uma coisa galantíssima. O vigário dizia que sim, que o Rio de Janeiro devia estar agora muito mais bonito. Se já o era noutro tempo! Não admira, maior do que Itaguaí e, demais, sede do governo... Mas não se pode dizer que Itaguaí fosse feio; tinha belas casas, a casa do Mateus, a Casa Verde...

— A propósito de Casa Verde — disse o padre Lopes escorregando habilmente para o assunto da ocasião —, a senhora vem achá-la muito cheia de gente.

— Sim?

— É verdade. Lá está o Mateus...

— O albardeiro?

— O albardeiro; está o Costa, a prima do Costa, e Fulano, e Sicrano, e...

— Tudo isso doido?

— Ou quase doido — obtemperou o padre.

— Mas então?

O vigário derreou os cantos da boca, à maneira de quem não sabe nada ou não quer dizer tudo; resposta vaga, que se não pode repetir a outra pessoa por falta de texto. D. Evarista achou realmente extraordinário que toda aquela gente ensandecesse; um ou outro, vá; mas todos? Entretanto custava-lhe duvidar; o marido era um sábio, não recolheria ninguém à Casa Verde sem prova evidente de loucura.

— Sem dúvida... sem dúvida... — ia pontuando o vigário.

Três horas depois cerca de cinquenta convivas sentavam-se em volta da mesa de Simão Bacamarte; era o jantar das boas-vindas. D. Evarista foi o assunto obrigado dos brindes, discursos, versos de toda a casta, metáforas, amplificações, apólogos. Ela era a esposa do novo Hipócrates, a musa da Ciência, anjo, divina, aurora, caridade, vida, consolação; trazia nos olhos duas estrelas segundo a versão modesta de Crispim Soares e dois sóis no conceito de um vereador. O alienista ouvia essas coisas um tanto enfastiado, mas sem visível impaciência. Quando muito, dizia ao ouvido da mulher que a retórica permitia tais arrojos sem significação. D. Evarista fazia esforços para aderir a esta opinião do marido; mas, ainda descontando três quartas partes das louvaminhas, ficava muito com que enfunar-lhe a alma. Um dos oradores, por exemplo, Martim Brito, rapaz de vinte e cinco anos, pintalegrete acabado, curtido de namoros e aventuras, declamou um discurso em que o nascimento de D. Evarista era explicado pelo mais singular dos reptos. "Deus", disse ele, "depois de dar o universo ao homem e à mulher, esse diamante e essa pérola da coroa divina (e o orador arrastava triunfalmente esta frase de uma ponta a outra da mesa), Deus quis vencer a Deus, e criou D. Evarista."

D. Evarista baixou os olhos com exemplar modéstia. Duas senhoras, achando a cortesanice excessiva e audaciosa, interrogaram os olhos do dono da casa; e, na verdade, o gesto do alienista pareceu-lhes nublado de suspeitas, de ameaças e provavelmente de sangue. O atrevimento foi grande, pensaram as duas damas. E uma e outra pediam a Deus que removesse qualquer episódio trágico — ou que o adiasse ao menos para o dia seguinte. Sim, que o adiasse. Uma delas, a mais piedosa, chegou a admitir consigo mesma que D. Evarista não merecia nenhuma desconfiança, tão longe estava de ser atraente ou bonita. Uma simples água-morna. Verdade é que, se todos os gostos fossem iguais, o que seria do amarelo?

Esta ideia fê-la tremer outra vez, embora menos; menos, porque o alienista sorria agora para o Martim Brito, e, levantados todos, foi ter com ele e falou-lhe do discurso. Não lhe negou que era um improviso brilhante, cheio de rasgos magníficos. Seria dele mesmo a ideia relativa ao nascimento de D. Evarista? Ou tê-la-ia encontrado em algum autor que... Não, senhor; era dele mesmo; achou-a naquela ocasião e pareceu-lhe adequada a um arroubo oratório. De resto, suas ideias eram antes arrojadas do que ternas ou jocosas. Dava para o épico. Uma vez, por exemplo, compôs uma ode à queda do Marquês de Pombal, em que dizia que esse ministro era o "dragão aspérrimo do Nada" esmagado pelas "garras vingadoras do Todo"; e assim outras mais ou menos fora do comum; gostava das ideias sublimes e raras, das imagens grandes e nobres...

Pobre moço! pensou o alienista. E continuou consigo: Trata-se de um caso de lesão cerebral: fenômeno sem gravidade, mas digno de estudo...

D. Evarista ficou estupefata quando soube, três dias depois, que o Martim Brito fora alojado na Casa Verde. Um moço que tinha ideias tão bonitas! As duas senhoras atribuíram o ato a ciúmes do alienista. Não podia ser outra coisa; realmente, a declaração do moço fora audaciosa demais.

Ciúmes? Mas como explicar que, logo em seguida, fossem recolhidos José Borges do Couto Leme, pessoa estimável, o Chico das cambraias, folgazão emérito, o escrivão Fabrício e ainda outros? O terror acentuou-se. Não se sabia já quem estava são, nem quem estava doido. As mulheres, quando os maridos saíam, mandavam acender uma lamparina a Nossa Senhora; e nem todos os maridos eram valorosos, alguns não andavam fora sem um ou dois capangas. Positivamente o terror. Quem podia emigrava. Um desses fugitivos chegou a ser preso a duzentos passos da vila. Era um rapaz de trinta anos, amável, conversado, polido, tão polido que não cumprimentava alguém sem levar o chapéu ao chão; na rua, acontecia-lhe correr uma distância de dez a vinte braças para ir apertar a mão a um homem grave, a uma senhora, às vezes a um menino, como acontecera ao filho do juiz de fora. Tinha a vocação das cortesias. De resto, devia as boas relações da sociedade, não só aos dotes pessoais, que eram raros, como à nobre tenacidade com que nunca desanimava diante de uma, duas, quatro, seis recusas, caras feias, etc. O que acontecia era que, uma vez entrado numa casa, não a deixava mais, nem os da casa o deixavam a ele, tão gracioso era o Gil Bernardes. Pois o Gil Bernardes, apesar de se saber estimado, teve medo quando lhe disseram um dia que o alienista o trazia de olho; na madrugada seguinte fugiu da vila, mas foi logo apanhado e conduzido à Casa Verde.

— Devemos acabar com isto!

— Não pode continuar!

— Abaixo a tirania!

— Déspota! Violento! Golias!

Não eram gritos na rua, eram suspiros em casa mas não tardava a hora dos gritos. O terror crescia; avizinhava-se a rebelião. A ideia de uma petição ao governo, para que Simão Bacamarte fosse capturado e deportado, andou por algumas cabeças, antes que o barbeiro Porfirio a expendesse na loja com grandes gestos de indignação. Note-se — e essa é uma das laudas mais puras desta sombria história — note-se que o Porfirio, desde que a Casa Verde começara a povoar-se tão extraordinariamente, viu crescerem-lhe os lucros pela aplicação assídua de sanguessugas que dali lhe pediam; mas o interesse particular, dizia ele, deve ceder ao interesse público. E acrescentava: — é preciso derrubar o tirano! — Note-se mais que ele soltou esse grito justamente no dia em que Simão Bacamarte fizera recolher à Casa Verde um homem que trazia com ele uma demanda, o Coelho.

— Não me dirão em que é que o Coelho é doido? — bradou o Porfirio.

E ninguém lhe respondia; todos repetiam que era um homem perfeitamente ajuizado. A mesma demanda que ele trazia com o barbeiro, acerca de uns chãos de vila, era filha da obscuridade de um alvará e não da cobiça ou ódio. Um excelente caráter o Coelho. Os únicos desafeiçoados que tinha eram alguns sujeitos que, dizendo-se taciturnos, ou alegando andar com pressa, mal o viam de longe dobravam as esquinas, entravam nas lojas etc. Na verdade, ele amava a boa palestra, a palestra comprida, gostada a sorvos largos, e assim é que nunca estava só, preferindo os que sabiam dizer duas palavras, mas não desdenhando os outros. O padre Lopes, que cultivava o Dante, e era inimigo do Coelho, nunca o via desligar-se de uma pessoa que não declamasse e emendasse este trecho:

> La bocca sollevò dal fiero pasto
> Quel "seccatore"...[2]

mas uns sabiam do ódio do padre, e outros pensavam que isto era uma oração em latim.

---

[2] Alusão à *Divina Comédia*, de Dante, mas se substituiu *peccator* (pecador) por *seccatore* (chato): "A boca ergueu do fero pasto aquele 'chato'..." (N. do E.)

VI. A rebelião

Cerca de trinta pessoas ligaram-se ao barbeiro, redigiram e levaram uma representação à câmara.

A câmara recusou aceitá-la, declarando que a Casa Verde era uma instituição pública, e que a Ciência não podia ser emendada por votação administrativa, menos ainda por movimentos de rua.

— Voltai ao trabalho — concluiu o presidente —, é o conselho que vos damos.

A irritação dos agitadores foi enorme. O barbeiro declarou que iam dali levantar a bandeira da rebelião, e destruir a Casa Verde; que Itaguaí não podia continuar a servir de cadáver aos estudos e experiências de um déspota; que muitas pessoas estimáveis, algumas distintas, outras humildes mas dignas de apreço, jaziam nos cubículos da Casa Verde; que o despotismo científico do alienista complicava-se do espírito de ganância, visto que os loucos ou supostos tais não eram tratados de graça: as famílias, e em falta delas, a câmara pagavam ao alienista...

— É falso! — interrompeu o presidente.

— Falso?

— Há cerca de duas semanas recebemos um ofício do ilustre médico em que nos declara que, tratando de fazer experiências de alto valor psicológico, desiste do estipêndio votado pela câmara, bem como nada receberá das famílias dos enfermos.

A notícia deste ato tão nobre, tão puro, suspendeu um pouco a alma dos rebeldes. Seguramente o alienista podia estar em erro, mas nenhum interesse alheio à

Ciência o instigava; e para demonstrar o erro era preciso alguma coisa mais do que arruaças e clamores. Isto disse o presidente, com aplauso de toda a câmara. O barbeiro, depois de alguns instantes de concentração, declarou que estava investido de um mandato público e não restituiria a paz a Itaguaí antes de ver por terra a Casa Verde — "essa Bastilha da razão humana" — expressão que ouvira a um poeta local, e que ele repetiu com muita ênfase. Disse, e a um sinal todos saíram com ele.

Imagine-se a situação dos vereadores; urgia obstar ao ajuntamento, à rebelião, à luta, ao sangue. Para acrescentar ao mal, um dos vereadores que apoiara o presidente, ouvindo agora a denominação dada pelo barbeiro à Casa Verde — "Bastilha da razão humana" —, achou-a tão elegante, que mudou de parecer. Disse que entendia de bom aviso decretar alguma medida que reduzisse a Casa Verde; e porque o presidente, indignado, manifestasse em termos enérgicos o seu pasmo, o vereador fez esta reflexão:

— Nada tenho que ver com a Ciência; mas, se tantos homens em quem supomos juízo são reclusos por dementes, quem nos afirma que o alienado não é o alienista?

Sebastião Freitas, o vereador dissidente, tinha o dom da palavra e falou ainda por algum tempo, com prudência mas com firmeza. Os colegas estavam atônitos; o presidente pediu-lhe que, ao menos, desse o exemplo da ordem e do respeito à lei, não aventasse as suas ideias na rua, para não dar corpo e alma à rebelião, que era por ora um turbilhão de átomos dispersos. Esta figura corrigiu um pouco o efeito da outra: Sebastião Freitas prometeu suspender qualquer ação, reservando-se o direito de pedir pelos meios legais a redução da Casa Verde. E repetia consigo, namorado: — Bastilha da razão humana!

Entretanto a arruaça crescia. Já não eram trinta, mas trezentas pessoas que acompanhavam o barbeiro, cuja alcunha familiar deve ser mencionada, porque ela deu o nome à revolta: chamavam-lhe o Canjica, e o movimento ficou célebre com o nome de revolta dos Canjicas. A ação podia ser restrita — visto que muita gente, ou por medo, ou por hábitos de educação, não descia à rua —; mas o sentimento era unânime, ou quase unânime, e os trezentos que caminhavam para a Casa Verde — dada a diferença de Paris a Itaguaí — podiam ser comparados aos que tomaram a Bastilha.

D. Evarista teve notícia da rebelião antes que ela chegasse; veio dar-lha uma de suas crias. Ela provava nessa ocasião um vestido de seda — um dos trinta e sete que trouxera do Rio de Janeiro — e não quis crer.

— Há de ser alguma patuscada — dizia ela mudando a posição de um alfinete. — Benedita, vê se a barra está boa.

— Está, sinhá — respondia a mucama de cócoras no chão — está boa. Sinhá vira um bocadinho. Assim. Está muito boa.

— Não é patuscada, não, senhora; eles estão gritando: "Morra o Dr. Bacamarte! O tirano!" — dizia o moleque assustado.

— Cala a boca, tolo! Benedita, olha aí do lado esquerdo; não parece que a costura está um pouco enviesada? A risca azul não segue até abaixo; está muito feio assim; é preciso descoser para ficar igualzinho e...

— Morra o Dr. Bacamarte! Morra o tirano! — uivaram fora trezentas vozes. Era a rebelião que desembocava na Rua Nova.

D. Evarista ficou sem pinga de sangue. No primeiro instante não deu um passo, não fez um gesto; o terror petrificou-a. A mucama correu instintivamente para a porta do fundo. Quanto ao moleque, a quem D. Evarista não dera crédito, teve um instante de triunfo súbito, imperceptível, entranhado, de satisfação moral, ao ver que a realidade vinha jurar por ele.

— Morra o alienista! — bradavam as vozes mais perto.

D. Evarista, se não resistia facilmente às comoções de prazer, sabia entestar com os momentos de perigo. Não desmaiou; correu à sala interior onde o marido estudava. Quando ela ali entrou, precipitada, o ilustre médico escrutava um texto de Averróis, os olhos dele, empanados pela cogitação, subiam do livro ao teto e baixavam do teto ao livro, cegos para a realidade exterior, videntes para os profundos trabalhos mentais. D. Evarista chamou pelo marido duas vezes, sem que ele lhe desse atenção; à terceira, ouviu e perguntou-lhe o que tinha, se estava doente.

— Você não ouve esses gritos? — perguntou a digna esposa em lágrimas.

O alienista atendeu então; os gritos aproximavam-se, terríveis, ameaçadores; ele compreendeu tudo. Levantou-se da cadeira de espaldar em que estava sentado, fechou o livro, e a passo firme e tranqüilo, foi depositá-lo na estante. Como a introdução do volume desconcertasse um pouco a linha dos dois tomos contíguos, Simão Bacamarte cuidou de corrigir esse defeito mínimo, e, aliás, interessante. Depois disse à mulher que se recolhesse, que não fizesse nada.

— Não, não — implorava a digna senhora —, quero morrer ao lado de você...

Simão Bacamarte teimou que não, que não era caso de morte; e ainda que o fosse, intimava-lhe, em nome da vida, que ficasse. A infeliz dama curvou a cabeça, obediente e chorosa.

— Abaixo a Casa Verde! — bradavam os Canjicas.

O alienista caminhou para a varanda da frente e chegou ali no momento em que a rebelião também chegava e parava, defronte, com as suas trezentas cabeças rutilantes de civismo e sombrias de desespero. — Morra! Morra! — bradaram de todos os lados, apenas o vulto do alienista assomou na varanda. Simão Bacamarte fez um sinal pedindo para falar; os revoltosos cobriram-lhe a voz com brados de indignação. Então o barbeiro, agitando o chapéu, a fim de impor silêncio à turba, conseguiu aquietar os amigos, e declarou ao alienista que podia falar, mas acrescentou que não abusasse da paciência do povo como fizera até então.

— Direi pouco, ou até não direi nada, se for preciso. Desejo saber primeiro o que pedis.

— Não pedimos nada — replicou fremente o barbeiro —; ordenamos que a Casa Verde seja demolida, ou pelo menos despojada dos infelizes que lá estão.

— Não entendo.

— Entendeis bem, tirano; queremos dar liberdade às vítimas do vosso ódio, capricho, ganância...

O alienista sorriu, mas o sorriso desse grande homem não era coisa visível aos olhos da multidão; era uma contração leve de dois ou três músculos, nada mais. Sorriu e respondeu:

— Meus senhores, a Ciência é coisa séria, e merece ser tratada com seriedade. Não dou razão dos meus atos de alienista a ninguém, salvo aos mestres e a Deus. Se quereis emendar a administração da Casa Verde, estou pronto a ouvir-vos; mas, se exigis que me negue a mim mesmo, não ganhareis nada. Poderia convidar alguns de vós em comissão dos outros a vir ver comigo os loucos reclusos; mas não o faço, porque seria dar-vos razão do meu sistema, o que não farei a leigos nem a rebeldes.

Disse isto o alienista, e a multidão ficou atônita; era claro que não esperava tanta energia e menos ainda tamanha serenidade. Mas o assombro cresceu de ponto quando o alienista, cortejando a multidão com muita gravidade, deu-lhe as costas e retirou-se lentamente para dentro. O barbeiro tornou logo a si, e, agitando o chapéu, convidou os amigos à demolição da Casa Verde; poucas vozes e frouxas lhe responderam. Foi nesse momento decisivo que o barbeiro sentiu despontar em si a ambição do governo; pareceu-lhe então que, demolindo a Casa Verde e derrocando a influência do alienista, chegaria a apoderar-se da câmara, dominar as demais autoridades e constituir-se senhor de Itaguaí. Desde alguns anos que ele forcejava por ver o seu nome incluído nos pelouros para o sorteio dos vereadores, mas era recusado por não ter uma posição compatível com tão grande cargo. A ocasião era agora ou nunca. Demais fora tão longe na arruaça que a derrota seria a prisão, ou talvez a forca ou o degredo. Infelizmente, a resposta do alienista diminuíra o furor dos sequazes. O barbeiro, logo que o percebeu, sentiu um impulso de indignação, e quis bradar-lhes: — Canalhas! Covardes! — mas conteve-se, e rompeu deste modo:

— Meus amigos, lutemos até o fim! A salvação de Itaguaí está nas vossas mãos dignas e heroicas. Destruamos o cárcere de vossos filhos e pais, de vossas mães e irmãs, de vossos parentes e amigos, e de vós mesmos. Ou morrereis a pão e água, talvez a chicote, na masmorra daquele indigno.

E a multidão agitou-se, murmurou, bradou, ameaçou, congregou-se toda em derredor do barbeiro. Era a revolta que tornava a si da ligeira síncope, e ameaçava arrasar a Casa Verde.

— Vamos! — bradou Porfírio agitando o chapéu.

— Vamos! — repetiram todos.

Deteve-os um incidente: era um corpo de dragões que, a marche-marche, entrava na Rua Nova.

VII. O inesperado

Chegados os dragões em frente aos Canjicas houve um instante de estupefação: os Canjicas não queriam crer que a força pública fosse mandada contra eles; mas o barbeiro compreendeu tudo e esperou. Os dragões pararam, o capitão intimou à multidão que se dispersasse; mas, conquanto uma parte dela estivesse inclinada a isso, a outra parte apoiou fortemente o barbeiro, cuja resposta consistiu nestes termos alevantados:

— Não nos dispersaremos. Se quereis os nossos cadáveres, podeis tomá-los; mas só os cadáveres; não levareis a nossa honra, o nosso crédito, os nossos direitos, e com eles a salvação de Itaguaí.

Nada mais imprudente do que essa resposta do barbeiro; e nada mais natural. Era a vertigem das grandes crises. Talvez fosse também um excesso de confiança na abstenção das armas por parte dos dragões; confiança que o capitão dissipou logo, mandando carregar sobre os Canjicas. O momento foi indescritível. A multidão urrou furiosa; alguns, trepando às janelas das casas, ou correndo pela rua fora, conseguiram escapar; mas a maioria ficou bufando de cólera, indignada, animada pela exortação do barbeiro. A derrota dos Canjicas estava iminente, quando um terço dos dragões — qualquer que fosse o motivo, as crônicas não o declaram — passou subitamente para o lado da rebelião. Este inesperado reforço deu alma aos Canjicas, ao mesmo tempo que lançou o desânimo às fileiras da legalidade. Os soldados fiéis não tiveram coragem de atacar os seus próprios camaradas, e, um a um, foram passando para eles, de modo que, ao cabo de alguns minutos, o aspecto das coisas era totalmente outro. O capitão estava de um lado, com alguma gente, contra uma massa compacta que o ameaçava de morte. Não teve remédio, declarou-se vencido e entregou a espada ao barbeiro.

A revolução triunfante não perdeu um só minuto; recolheu os feridos às casas próximas, e guiou para a câmara. Povo e tropa fraternizavam, davam vivas a el-rei, ao vice-rei, a Itaguaí, ao "ilustre Porfírio". Este ia na frente, empunhando tão destramente a espada, como se ela fosse apenas uma navalha um pouco mais comprida. A vitória cingia-lhe a fronte de um nimbo misterioso. A dignidade de governo começava a enrijar-lhe os quadris.

Os vereadores, às janelas, vendo a multidão e a tropa, cuidaram que a tropa capturara a multidão, e, sem mais exame, entraram e votaram uma petição ao vice-rei para que mandasse dar um mês de soldo aos dragões, "cujo denodo salvou Itaguaí do abismo a que o tinha lançado uma cáfila de rebeldes". Esta frase foi proposta por Sebastião Freitas, o vereador dissidente cuja defesa dos Canjicas tanto escandalizara os colegas. Mas bem depressa a ilusão se desfez. Os vivas ao barbeiro, os morras aos vereadores e ao alienista vieram dar-lhes notícia da triste realidade. O presidente não desanimou: — Qualquer que seja a nossa sorte — disse ele —, lembremo-nos que estamos ao serviço de Sua Majestade e do povo. — Sebastião insinuou que melhor se poderia servir à coroa e à vida saindo pelos fundos e indo conferenciar com o juiz de fora, mas toda a câmara rejeitou esse alvitre.

Daí a nada o barbeiro, acompanhado de alguns de seus tenentes, entrava na sala da vereança e intimava à câmara sua queda. A câmara não resistiu, entregou-se e foi dali para a cadeia. Então os amigos do barbeiro propuseram-lhe que assumisse o governo da vila em nome de Sua Majestade. Porfírio aceitou o encargo, embora não desconhecesse (acrescentou) os espinhos que trazia; disse mais que não podia dispensar o concurso dos amigos presentes; ao que eles prontamente anuíram. O barbeiro veio à janela, e comunicou ao povo essas resoluções, que o povo ratificou, aclamando o barbeiro. Este tomou a denominação de "Protetor da vila em nome de Sua Majestade e do povo". Expediram-se logo várias ordens importantes, comunicações oficiais do novo governo, uma exposição minuciosa ao vice-rei, com muitos protestos de obediência às ordens de Sua Majestade; finalmente uma proclamação ao povo, curta, mas enérgica:

> Itaguaienses!
>
> Uma Câmara corrupta e violenta conspirava contra os interesses de Sua Majestade e do povo. A opinião pública tinha-a condenado; um punhado de cidadãos, fortemente apoiados pelos bravos dragões de Sua Majestade, acaba de a dissolver ignominiosamente, e por unânime consenso da vila foi-me confiado o mando supremo, até que Sua Majestade se sirva ordenar o que parecer melhor ao seu real serviço. Itaguaienses! não vos peço senão que me rodeeis de confiança, que me auxilieis em restaurar a paz e a fazenda pública, tão desbaratada pela câmara que ora findou às vossas mãos. Contai com o meu sacrifício, e ficai certos de que a coroa será por nós.

O protetor da vila em nome de Sua Majestade
e do povo
Porfírio Caetano das Neves.

Toda a gente advertiu no absoluto silêncio desta proclamação acerca da Casa Verde; e, segundo uns, não podia haver mais vivo indício dos projetos tenebrosos do barbeiro. O perigo era tanto maior quanto que, no meio mesmo desses graves sucessos, o alienista metera na Casa Verde umas sete ou oito pessoas, entre elas duas senhoras e sendo um dos homens aparentado com o Protetor. Não era um repto, um ato intencional; mas todos o interpretaram dessa maneira; e a vila respirou com a esperança de que o alienista dentro de vinte e quatro horas estaria a ferros e destruído o terrível cárcere.

O dia acabou alegremente. Enquanto o arauto da matraca ia recitando de esquina em esquina a proclamação, o povo espalhava-se nas ruas e jurava morrer em defesa do ilustre Porfírio. Poucos gritos contra a Casa Verde, prova de confiança na ação do governo. O barbeiro fez expedir um ato declarando feriado aquele dia, e entabulou negociações com o vigário para a celebração de um te-déum, tão conveniente era aos olhos dele a conjunção do poder temporal com o espiritual; mas o padre Lopes recusou abertamente o seu concurso.

— Em todo caso, Vossa Reverendíssima não se alistará entre os inimigos do governo? — disse-lhe o barbeiro, dando à fisionomia um aspecto tenebroso.

Ao que o padre Lopes respondeu, sem responder:

— Como alistar-me, se o novo governo não tem inimigos?

O barbeiro sorriu; era a pura verdade. Salvo o capitão, os vereadores e os principais da vila, toda a gente o aclamava. Os mesmos principais, se o não aclamavam, não tinham saído contra ele. Nenhum dos almotacés[1] deixou de vir receber as suas ordens. No geral, as famílias abençoavam o nome daquele que ia enfim libertar Itaguaí da Casa Verde e do terrível Simão Bacamarte.

---

[1] Funcionários responsáveis por fixar o preço dos alimentos. (N. do E.)

VIII. As angústias do boticário

Vinte e quatro horas depois dos sucessos narrados no capítulo anterior, o barbeiro saiu do palácio do governo — foi a denominação dada à casa da câmara — com dois ajudantes de ordens, e dirigiu-se à residência de Simão Bacamarte. Não ignorava ele que era mais decoroso ao governo mandá-lo chamar; o receio, porém, de que o alienista não obedecesse obrigou-o a parecer tolerante e moderado.

Não descrevo o terror do boticário ao ouvir dizer que o barbeiro ia à casa do alienista. "Vai prendê-lo", pensou ele. E redobraram-lhe as angústias. Com efeito, a tortura moral do boticário naqueles dias de revolução excede a toda descrição possível. Nunca um homem se achou em mais apertado lance: a privança do alienista chamava-o ao lado deste, a vitória do barbeiro atraía-o ao barbeiro. Já a simples notícia da sublevação tinha-lhe sacudido fortemente a alma, porque ele sabia a unanimidade do ódio ao alienista; mas a vitória final foi também o golpe final. A esposa, senhora máscula, amiga particular de D. Evarista, dizia que o lugar dele era ao lado de Simão Bacamarte; ao passo que o coração lhe bradava que não, que a causa do alienista estava perdida, e que ninguém, por ato próprio, se amarra a um cadáver. "Fê-lo Catão, é verdade, *sed victa Catoni*", pensava ele, relembrando algumas palestras habituais do padre Lopes; "mas Catão não se atou a uma causa vencida, ele era a própria causa vencida, a causa da república; o seu ato, portanto, foi de egoísta, de um miserável egoísta; minha situação é outra." Insistindo, porém, a mulher, não achou Crispim

Soares outra saída em tal crise senão adoecer; declarou-se doente e meteu-se na cama.

— Lá vai o Porfírio à casa do Dr. Bacamarte — disse-lhe a mulher no dia seguinte à cabeceira da cama —; vai acompanhado de gente.

— Vai prendê-lo — pensou o boticário.

Uma ideia traz outra; o boticário imaginou que, uma vez preso o alienista, viriam também buscá-lo a ele na qualidade de cúmplice. Esta ideia foi o melhor dos vesicatórios. Crispim Soares ergueu-se, disse que estava bom, que ia sair; e, apesar de todos os esforços e protestos da consorte, vestiu-se e saiu. Os velhos cronistas são unânimes em dizer que a certeza de que o marido ia colocar-se nobremente ao lado do alienista consolou grandemente a esposa do boticário; e notam com muita perspicácia o imenso poder moral de uma ilusão; porquanto o boticário caminhou resolutamente ao palácio do governo e não à casa do alienista. Ali chegando, mostrou-se admirado de não ver o barbeiro, a quem ia apresentar os seus protestos de adesão, não o tendo feito desde a véspera por enfermo. E tossia com algum custo. Os altos funcionários que lhe ouviam esta declaração, sabedores da intimidade do boticário com o alienista, compreenderam toda a importância da adesão nova e trataram a Crispim Soares com apurado carinho; afirmaram-lhe que o barbeiro não tardava; Sua Senhoria tinha ido à Casa Verde, a negócio importante, mas não tardava. Deram-lhe cadeira, refrescos, elogios; disseram-lhe que a causa do ilustre Porfírio era a de todos os patriotas; ao que o boticário ia repetindo que sim, que nunca pensara outra coisa, que isso mesmo mandaria declarar a Sua Majestade.

IX. Dois lindos casos

Não se demorou o alienista em receber o barbeiro; declarou-lhe que não tinha meios de resistir, e portanto estava prestes a obedecer. Só uma coisa pedia, é que o não constrangesse a assistir pessoalmente à destruição da Casa Verde.

— Engana-se Vossa Senhoria — disse o barbeiro depois de alguma pausa —, engana-se em atribuir ao governo intenções vandálicas. Com razão ou sem ela, a opinião crê que a maior parte dos doidos ali metidos estão em seu perfeito juízo, mas o governo reconhece que a questão é puramente científica e não cogita em resolver com posturas as questões científicas. Demais, a Casa Verde é uma instituição pública; tal a aceitamos das mãos da câmara dissolvida. Há entretanto — por força que há de haver — um alvitre intermédio que restitua o sossego ao espírito público.

O alienista mal podia dissimular o assombro; confessou que esperava outra coisa, o arrasamento do hospício, a prisão dele, o desterro, tudo, menos...

— O pasmo de Vossa Senhoria — atalhou gravemente o barbeiro — vem de não atender à grave responsabilidade do governo. O povo, tomado de uma cega piedade que lhe dá em tal caso legítima indignação, pode exigir do governo certa ordem de atos; mas este, com a responsabilidade que lhe incumbe, não os deve praticar, ao menos integralmente, e tal é a nossa situação. A generosa revolução, que ontem derrubou uma câmara vilipendiada e corrupta, pediu em altos brados o arrasamento da Casa, Verde; mas pode entrar no ânimo do governo eliminar a loucura? Não. E se o governo não a pode eliminar, está ao menos apto para discriminá-la, reconhecê-la? Também não; é matéria de Ciência. Logo, em assunto tão melindroso, o governo não pode, não quer dispensar o concurso de Vossa Senhoria. O que lhe pede é que de certa maneira demos alguma satisfação ao povo. Unamo-nos, e o povo saberá obedecer. Um dos alvitres aceitáveis, se Vossa Senhoria não indicar outro, seria fazer retirar da Casa Verde aqueles enfermos que estiverem quase curados e bem assim os maníacos de pouca monta, etc. Desse modo, sem grande perigo, mostraremos alguma tolerância e benignidade.

— Quantos mortos e feridos houve ontem no conflito? — perguntou Simão Bacamarte depois de uns três minutos.

O barbeiro ficou espantado da pergunta, mas respondeu logo que onze mortos e vinte e cinco feridos.

— Onze mortos e vinte e cinco feridos! — repetiu duas ou três vezes o alienista.

E em seguida declarou que o alvitre lhe não parecia bom, mas que ele ia catar algum outro, e dentro de poucos dias lhe daria resposta. E fez-lhe várias perguntas acerca dos sucessos da véspera, ataque, defesa, adesão dos dragões, resistência da câmara, etc., ao que o barbeiro ia respondendo com grande abundância, insistindo principalmente no descrédito em que a câmara caíra. O barbeiro confessou que o novo governo não tinha ainda por si a confiança dos principais da vila, mas o alienista podia fazer muito nesse ponto. O governo, concluiu o barbeiro, folgaria se pudesse contar não já com a simpatia, senão com a benevolência, do mais alto espírito de Itaguaí e seguramente do reino. Mas nada disso alterava a nobre e austera fisionomia daquele grande homem que ouvia calado, sem desvanecimento nem modéstia, mas impassível como um deus de pedra.

— Onze mortos e vinte e cinco feridos — repetiu o alienista depois de acompanhar o barbeiro até a porta. — Eis aí dois lindos casos de doença cerebral. Os sintomas de duplicidade e descaramento deste barbeiro são positivos. Quanto à toleima dos que o aclamaram, não é preciso outra prova além dos onze mortos e vinte e cinco feridos. Dois lindos casos!

— Viva o ilustre Porfírio! — bradaram umas trinta pessoas que aguardavam o barbeiro à porta.

O alienista espiou pela janela e ainda ouviu este resto de uma pequena fala do barbeiro às trinta pessoas que o aclamavam: — porque eu velo, podeis estar certos disso, eu velo pela execução das vontades do povo. Confiai em mim; e tudo se fará pela melhor maneira. Só vos recomendo ordem. E ordem, meus amigos, é a base do governo...

— Viva o ilustre Porfírio! — bradaram as trinta vozes, agitando os chapéus.

— Dois lindos casos! — murmurou o alienista.

X. A restauração

Dentro de cinco dias, o alienista meteu na Casa Verde cerca de cinquenta aclamadores do novo governo. O povo indignou-se. O governo, atarantado, não sabia reagir. João Pina, outro barbeiro, dizia abertamente nas ruas que o Porfírio estava "vendido ao ouro de Simão Bacamarte", frase que congregou em torno de João Pina a gente mais resoluta da vila. Porfírio, vendo o antigo rival da navalha à testa da insurreição, compreendeu que a sua perda era irremediável, se não desse um grande golpe; expediu dois decretos, um abolindo a Casa Verde, outro desterrando o alienista. João Pina mostrou claramente com grandes frases que o ato de Porfírio era um simples aparato, um engodo, em que o povo não devia crer. Duas horas depois caía Porfírio ignominiosamente e João Pina assumia a difícil tarefa do governo. Como achasse nas gavetas as minutas da proclamação, da exposição ao vice-rei e de outros atos inaugurais do governo anterior, deu-se pressa em os fazer copiar e expedir; acrescentam os cronistas, e aliás subentende-se que ele lhes mudou os nomes, e onde o outro barbeiro falara de uma câmara corrupta, falou este de "um intruso eivado das más doutrinas francesas e contrário aos sacrossantos interesses de Sua Majestade", etc.

Nisto entrou na vila uma força mandada pelo vice-rei, e restabeleceu a ordem. O alienista exigiu desde logo a entrega do barbeiro Porfírio, e bem assim a de uns cinquenta e tantos indivíduos que declarou mentecaptos; e não só lhe deram esses como afiançaram entregar-lhe mais dezenove sequazes do barbeiro, que convalesciam das feridas apanhadas na primeira rebelião.

Este ponto da crise de Itaguaí marca também o grau máximo da influência de Simão Bacamarte. Tudo quanto quis, deu-se-lhe; e uma das mais vivas provas do poder do ilustre médico achamo-la na prontidão com que os vereadores, restituídos a seus lugares, consentiram em que Sebastião Freitas também fosse recolhido ao hospício. O alienista, sabendo da extraordinária inconsistência das opiniões desse vereador, entendeu que era um caso patológico, e pediu-o. A mesma coisa aconteceu ao boticário. O alienista, desde que lhe falaram da momentânea adesão de Crispim Soares à rebelião dos Canjicas, comparou-a à aprovação que sempre recebera dele ainda na véspera, e mandou capturá-lo. Crispim Soares não negou o fato, mas explicou-o dizendo que cedera a um movimento de terror ao ver a rebelião triunfante, e deu como prova a ausência de nenhum outro ato seu, acrescentando que voltara logo à cama, doente. Simão Bacamarte não o contrariou; disse, porém, aos circunstantes que o terror também é pai da loucura, e que o caso de Crispim Soares lhe parecia dos mais caracterizados.

Mas a prova mais evidente da influência de Simão Bacamarte foi a docilidade com que a câmara lhe entregou o próprio presidente. Este digno magistrado tinha declarado, em plena sessão, que não se contentava, para lavá-la da afronta dos Canjicas, com menos de trinta almudes de sangue: palavra que chegou aos ouvidos do alienista por boca do secretário da câmara, entusiasmado de tamanha energia. Simão Bacamarte começou por meter o secretário na Casa Verde, e foi dali à câmara, à qual declarou que o presidente estava padecendo da "demência dos touros", um gênero que ele pretendia estudar, com grande vantagem para os povos. A câmara a princípio hesitou, mas acabou cedendo.

Daí em diante foi uma coleta desenfreada. Um homem não podia dar nascença ou curso à mais simples mentira do mundo, ainda daquelas que aproveitam ao inventor ou divulgador, que não fosse logo metido na Casa Verde. Tudo era loucura. Os cultores de enigmas, os fabricantes de charadas, de anagramas, os maldizentes, os curiosos da vida alheia, os que põem todo o seu cuidado na tafularia, um ou outro almotacé enfunado, ninguém escapava aos emissários do alienista. Ele respeitava os namorados e não poupava as namoradeiras, dizendo que as primeiras cediam a um impulso natural e as segundas a um vício. Se um homem era avaro ou pródigo, ia do mesmo modo para a Casa Verde; daí a alegação de que não havia regra para a completa sanidade mental. Alguns cronistas creem que Simão Bacamarte nem sempre procedia com lisura, e citam em abono da afirmação (que não sei se pode ser aceita) o fato de ter alcançado da câmara uma postura autorizando o uso de um anel de prata no dedo polegar da mão esquerda, a toda pessoa que, sem outra prova documental ou tradicional, declarasse ter nas veias duas ou três onças de sangue godo. Dizem esses cronistas que o fim secreto da insinuação à câmara foi enriquecer um ourives amigo e compadre dele; mas, conquanto seja certo que o ourives viu prosperar o negócio depois da nova ordenação municipal, não o é menos que essa postura deu à Casa Verde uma multidão de inquilinos; pelo que, não se pode definir, sem temeridade, o verdadeiro fim do ilustre médico. Quanto à razão determinativa da captura e aposentação na Casa Verde de todos quantos usaram do anel, é um dos pontos mais obscuros da história de Itaguaí; a opinião mais verossímil é que eles foram recolhidos por andarem a gesticular, à toa, nas ruas, em casa, na igreja. Ninguém ignora que os doidos gesticulam muito. Em todo caso, é uma simples conjetura; de positivo, nada há.

— Onde é que este homem vai parar? — diziam os principais da terra. — Ah, se nós tivéssemos apoiado os Canjicas...

Um dia de manhã — dia em que a câmara devia dar um grande baile — a vila inteira ficou abalada com a notícia de que a própria esposa do alienista fora metida na Casa Verde. Ninguém acreditou; devia ser invenção de algum gaiato. E não era: era verdade pura. D. Evarista fora recolhida às duas horas da noite. O padre Lopes correu ao alienista e interrogou-o discretamente acerca do fato.

— Já há algum tempo que eu desconfiava — disse gravemente o marido. — A modéstia com que ela vivera em ambos os matrimônios não podia conciliar-se com o furor das sedas, veludos, rendas e pedras preciosas que manifestou logo que voltou do Rio de Janeiro. Desde então comecei a observá-la. Suas conversas eram todas sobre esses objetos; se eu lhe falava das antigas cortes, inquiria logo da forma dos vestidos das damas; se uma senhora a visitava na minha ausência, antes de me dizer o objeto da visita, descrevia-me o trajo, aprovando umas coisas e censurando outras. Um dia, creio que Vossa Reverendíssima há de lembrar-se, propôs-se a fazer anualmente um vestido para a imagem de Nossa Senhora da matriz. Tudo isto eram sintomas graves; esta noite, porém, declarou-se a total demência. Tinha escolhido, preparado, enfeitado o vestuário que levaria ao baile da câmara municipal; só hesitava entre um colar de granada e outro de safira. Anteontem perguntou-me qual deles levaria; respondi-lhe que um ou outro lhe ficava bem. Ontem repetiu a pergunta ao almoço; pouco depois de jantar fui achá-la calada e pensativa. — Que tem? — perguntei-lhe. — Queria levar o colar de granada, mas acho o de safira tão bonito! — Pois leve o de safira. — Ah, mas onde fica o de granada? — Enfim, passou a tarde sem novidade. Ceamos, e deitamo-nos. Alta noite, seria hora e meia, acordo e não a vejo; levanto-me, vou ao quarto de vestir, acho-a diante dos dois colares, ensaiando-os ao espelho, ora um ora outro. Era evidente a demência; recolhi-a logo.

O padre Lopes não se satisfez com a resposta, mas não objetou nada. O alienista, porém, percebeu e explicou-lhe que o caso de D. Evarista era de "mania suntuária", não incurável e em todo caso digno de estudo.

— Conto pô-la boa dentro de seis semanas — concluiu ele.

E a abnegação do ilustre médico deu-lhe grande realce. Conjeturas, invenções, desconfianças, tudo caiu por terra desde que ele não duvidou recolher à Casa Verde a própria mulher, a quem amava com todas as forças da alma. Ninguém mais tinha o direito de resistir-lhe — menos ainda o de atribuir-lhe intuitos alheios à Ciência.

Era um grande homem austero, Hipócrates forrado de Catão.

XI. O assombro de Itaguaí

E agora prepare-se o leitor para o mesmo assombro em que ficou a vila ao saber um dia que os loucos da Casa Verde iam todos ser postos na rua.

— Todos?

— Todos.

— É impossível; alguns sim, mas todos...

— Todos. Assim o disse ele no ofício que mandou hoje de manhã à câmara.

De fato o alienista oficiara à câmara expondo: 1º que verificara das estatísticas da vila e da Casa Verde que quatro quintos da população estavam aposentados naquele estabelecimento; 2º que esta deslocação de população levara-o a examinar os fundamentos da sua teoria das moléstias cerebrais, teoria que excluía da razão todos os casos em que o equilíbrio das faculdades não fosse perfeito e absoluto; 3º que, desse exame e do fato estatístico, resultara para ele a convicção de que a verdadeira doutrina não era aquela, mas a oposta, e, portanto, que se devia admitir como normal e exemplar o desequilíbrio das faculdades e como hipóteses patológicas todos os casos em que aquele equilíbrio fosse ininterrupto; 4º que à vista disso declarava à câmara que ia dar liberdade aos reclusos da Casa Verde e agasalhar nela as pessoas que se achassem nas condições agora expostas; 5º que, tratando de descobrir a verdade científica, não se pouparia a esforços de toda natureza, esperando da câmara igual dedicação; 6º que restituía à câmara e aos particulares a soma do estipêndio recebido para alojamento dos supostos loucos, descontada a parte efetivamente gasta com a alimentação, roupa, etc.; o que a câmara mandaria verificar nos livros e arcas da Casa Verde.

O assombro de Itaguaí foi grande; não foi menor a alegria dos parentes e amigos dos reclusos. Jantares, danças, luminárias, músicas, tudo houve para celebrar tão fausto acontecimento. Não descrevo as festas por não interessarem ao nosso propósito; mas foram esplêndidas, tocantes e prolongadas.

E vão assim as coisas humanas! No meio do regozijo produzido pelo ofício de Simão Bacamarte, ninguém advertia, na frase final do § 4º, uma frase cheia de experiências futuras.

XII. O final do parágrafo 4º

Apagaram-se as luminárias, reconstituíram-se as famílias, tudo parecia reposto nos antigos eixos. Reinava a ordem, a câmara exercia outra vez o governo sem nenhuma pressão externa; o presidente e o vereador Freitas tornaram aos seus lugares. O barbeiro Porfírio, ensinado pelos acontecimentos, tendo "provado tudo", como o poeta disse de Napoleão, e mais alguma coisa, porque Napoleão não provou a Casa Verde, o barbeiro achou preferível a glória obscura da navalha e da tesoura às calamidades brilhantes do poder; foi, é certo, processado; mas a população da vila implorou a clemência de Sua Majestade; daí o perdão. João Pina foi absolvido, atendendo-se a que ele derrocara um rebelde. Os cronistas pensam que deste fato é que nasceu o nosso adágio: — ladrão que furta ladrão tem cem anos de perdão; — adágio imoral, é verdade, mas grandemente útil.

Não só findaram as queixas contra o alienista, mas até nenhum ressentimento ficou dos atos que ele praticara; acrescendo que os reclusos da Casa Verde, desde que ele os declarara plenamente ajuizados, sentiram-se tomados de profundo reconhecimento e férvido entusiasmo. Muitos entenderam que o alienista merecia uma especial manifestação e deram-lhe um baile, ao qual se seguiram outros bailes e jantares. Dizem as crônicas que D. Evarista a principio tivera ideia de separar-se do consorte, mas a dor de perder a companhia de tão grande homem venceu qualquer ressentimento de amor-próprio e o casal veio a ser ainda mais feliz do que antes.

Não menos íntima ficou a amizade do alienista e do boticário. Este concluiu do ofício de Simão Bacamarte que a prudência é a primeira das virtudes em tempos de revolução e apreciou muito a magnanimidade do alienista, que ao dar-lhe a liberdade estendeu-lhe a mão de amigo velho.

— É um grande homem — disse ele à mulher, referindo àquela circunstância.

Não é preciso falar do albardeiro, do Costa, do Coelho, do Martim Brito e outros especialmente nomeados neste escrito; basta dizer que puderam exercer livremente os seus hábitos anteriores. O próprio Martim Brito, recluso por um discurso em que louvara enfaticamente D. Evarista, fez agora outro em honra do insigne médico — "cujo altíssimo gênio, elevando as asas muito acima do sol, deixou abaixo de si todos os demais espíritos da terra".

— Agradeço as suas palavras — retorquiu-lhe o alienista — e ainda me não arrependo de o haver restituído à liberdade.

Entretanto, a câmara, que respondera ao ofício de Simão Bacamarte com a ressalva de que oportunamente estatuiria em relação ao final do § 4º, tratou enfim de legislar sobre ele. Foi adotada sem debate uma postura, autorizando o alienista a agasalhar na Casa Verde as pessoas que se achassem no gozo do perfeito equilíbrio das faculdades mentais. E porque a experiência da câmara tivesse sido dolorosa, estabeleceu ela a cláusula de que a autorização era provisória, limitada a um ano, para o fim de ser experimentada a nova teoria psicológica, podendo a câmara, antes mesmo daquele prazo, mandar fechar a Casa Verde, se a isso fosse aconselhada por motivos de ordem pública. O vereador Freitas propôs também a declaração de que, em nenhum caso, fossem os vereadores recolhidos ao asilo dos alienados: cláusula que foi aceita, votada e incluída na postura apesar das reclamações do vereador Galvão. O argumento principal deste magistrado é que a câmara, legislando sobre uma experiência científica, não podia excluir as pessoas dos seus membros das consequências da lei; a exceção era odiosa e ridícula. Mal proferira estas duas palavras, romperam os vereadores em altos brados contra a audácia e insensatez do colega; este, porém, ouviu-os e limitou-se a dizer que votava contra a exceção.

— A vereança — concluiu ele — não nos dá nenhum poder especial nem nos elimina do espírito humano.

Simão Bacamarte aceitou a postura com todas as restrições. Quanto à exclusão dos vereadores, declarou que teria profundo sentimento se fosse compelido a recolhê-los à Casa Verde; a cláusula, porém, era a melhor prova de que eles não padeciam do perfeito equilíbrio das faculdades mentais. Não acontecia o mesmo ao vereador Galvão, cujo acerto na objeção feita e cuja moderação na resposta dada às invectivas dos colegas mostravam, da parte dele, um cérebro bem organizado; pelo que rogava à câmara que lho entregasse. A câmara, sentindo-se ainda agravada pelo proceder do vereador Galvão, estimou o pedido do alienista e votou unanimemente a entrega.

Compreende-se que, pela teoria nova, não bastava um fato ou um dito para recolher alguém à Casa Verde; era preciso um longo exame, um vasto inquérito do passado e do presente. O padre Lopes, por exemplo, só foi capturado trinta dias depois da postura, a mulher do boticário quarenta dias. A reclusão desta senhora encheu o consorte de indignação. Crispim Soares saiu de casa espumando de cólera e declarando às pessoas a quem encontrava que ia arrancar as orelhas ao tirano. Um sujeito, adversário do alienista, ouvindo na rua essa notícia, esqueceu os motivos de dissidência, e correu à casa de Simão Bacamarte a participar-lhe o perigo que corria. Simão Bacamarte mostrou-se grato ao procedimento do adversário, e poucos minutos lhe bastaram para conhecer a retidão dos seus sentimentos, a boa-fé, o respeito humano, a generosidade; apertou-lhe muito as mãos, e recolheu-o à Casa Verde.

— Um caso destes é raro — disse ele à mulher pasmada. — Agora esperemos o nosso Crispim.

Crispim Soares entrou. A dor vencera a raiva, o boticário não arrancou as orelhas ao alienista. Este consolou o seu privado, assegurando-lhe que não era caso perdido; talvez a mulher tivesse alguma lesão cerebral; ia examiná-la com muita atenção; mas antes disso não podia deixá-la na rua. E, parecendo-lhe vantajoso reuni-los, porque a astúcia e velhacaria do marido poderiam de certo modo curar a beleza moral que ele descobrira na esposa, disse Simão Bacamarte:

— O senhor trabalhará durante o dia na botica, mas almoçará e jantará com sua mulher, e cá passará as noites, e os domingos e dias santos.

A proposta colocou o pobre boticário na situação do asno de Buridan.[1] Queria viver com a mulher, mas temia

---

[1] Asno de Buridan é o animal que interpreta um argumento de Jean Buridan (1300-1358), teólogo francês. O asno, sedento e faminto, deveria escolher entre o feno e a água, apenas um dos dois, ou morreria de fome e sede. (N. do E.)

voltar à Casa Verde; e nessa luta esteve algum tempo, até que D. Evarista o tirou da dificuldade, prometendo que se incumbiria de ver a amiga e transmitiria os recados de um para outro. Crispim Soares beijou-lhe as mãos agradecido. Este último rasgo de egoísmo pusilânime pareceu sublime ao alienista.

Ao cabo de cinco meses estavam alojadas umas dezoito pessoas; mas Simão Bacamarte não afrouxava; ia de rua em rua, de casa em casa, espreitando, interrogando, estudando; e quando colhia um enfermo levava-o com a mesma alegria com que outrora os arrebanhava às dúzias. Essa mesma desproporção confirmava a teoria nova; achara-se enfim a verdadeira patologia cerebral. Um dia conseguiu meter na Casa Verde o juiz de fora; mas procedia com tanto escrúpulo que o não fez senão depois de estudar minuciosamente todos os seus atos e interrogar os principais da vila. Mais de uma vez esteve prestes a recolher pessoas perfeitamente desequilibradas; foi o que se deu com um advogado, em quem reconheceu um tal conjunto de qualidades morais e mentais que era perigoso deixá-lo na rua. Mandou prendê-lo; mas o agente, desconfiado, pediu-lhe para fazer uma experiência; foi ter com um compadre, demandado por um testamento falso, e deu-lhe de conselho que tomasse por advogado o Salustiano; era o nome da pessoa em questão.

— Então, parece-lhe?...

— Sem dúvida: vá, confesse tudo, a verdade inteira, seja qual for, e confie-lhe a causa.

O homem foi ter com o advogado, confessou ter falsificado o testamento e acabou pedindo que lhe tomasse a causa. Não se negou o advogado; estudou os papéis, arrazoou longamente, e provou a todas as luzes que o testamento era mais que verdadeiro. A inocência do réu foi solenemente proclamada pelo juiz e a herança passou-lhe às mãos. O distinto jurisconsulto deveu a esta experiência a liberdade.

Mas nada escapa a um espírito original e penetrante. Simão Bacamarte, que desde algum tempo notava o zelo, a sagacidade, a paciência, a moderação daquele agente, reconheceu a habilidade e o tino com que ele levara a cabo uma experiência tão melindrosa e complicada, e determinou recolhê-lo imediatamente à Casa Verde; deu-lhe todavia um dos melhores cubículos.

Os alienados foram alojados por classes. Fez-se uma galeria de modestos; isto é, os loucos em quem predominava esta perfeição moral; outra de tolerantes, outra de verídicos, outra de símplices, outra de leais, outra de magnânimos, outra de sagazes, outra de sinceros, etc. Naturalmente as famílias e os amigos dos reclusos bradavam contra a teoria; e alguns tentaram compelir a câmara a cassar a licença. A câmara, porém, não esquecera a linguagem do vereador Galvão, e se cassasse a licença, vê-lo-ia na rua e restituído ao lugar; pelo que, recusou. Simão Bacamarte oficiou aos vereadores, não agradecendo, mas felicitando-os por esse ato de vingança pessoal.

Desenganados da legalidade, alguns principais da vila recorreram secretamente ao barbeiro Porfírio e afiançaram-lhe todo o apoio de gente, de dinheiro e influência na corte, se ele se pusesse à testa de outro movimento contra a câmara e o alienista. O barbeiro respondeu-lhes que não; que a ambição o levara da primeira vez a transgredir as leis, mas que ele se emendara, reconhecendo o erro próprio e a pouca consistência da opinião dos seus mesmos sequazes; que a câmara entendera autorizar a nova experiência do alienista, por um ano: cumpria, ou esperar o fim do prazo, ou requerer ao vice-rei, caso a mesma câmara rejeitasse o pedido. Jamais aconselharia o emprego de um recurso que ele viu falhar em suas mãos e isso a troco de mortes e ferimentos que seriam o seu eterno remorso.

— O que é que me está dizendo? — perguntou o alienista quando um agente secreto lhe contou a conversação do barbeiro com os principais da vila.

Dois dias depois o barbeiro era recolhido à Casa Verde. — Preso por ter cão, preso por não ter cão! — exclamou o infeliz.

Chegou o fim do prazo, a câmara autorizou um prazo suplementar de seis meses para ensaio dos meios terapêuticos. O desfecho deste episódio da crônica itaguaiense é de tal ordem, e tão inesperado, que merecia nada menos de dez capítulos de exposição; mas contento-me com um, que será o remate da narrativa, e um dos mais belos exemplos de convicção científica e abnegação humana.

XIII. *Plus ultra!*[1]

Era a vez da terapêutica. Simão Bacamarte, ativo e sagaz em descobrir enfermos, excedeu-se ainda na diligência e penetração com que principiou a tratá-los. Neste ponto todos os cronistas estão de pleno acordo: o ilustre alienista fez curas pasmosas, que excitaram a mais viva admiração em Itaguaí.

Com efeito, era difícil imaginar mais racional sistema terapêutico. Estando os loucos divididos por classes, segundo a perfeição moral que em cada um deles excedia às outras, Simão Bacamarte cuidou em atacar de frente a qualidade predominante. Suponhamos um modesto. Ele aplicava a medicação que pudesse incutir-lhe o sentimento oposto; e não ia logo às doses máximas — graduava-as, conforme o estado, a idade, o temperamento, a posição social do enfermo. Às vezes bastava uma casaca, uma fita, uma cabeleira, uma bengala para restituir a razão ao alienado; em outros casos a moléstia era mais rebelde; recorria então aos anéis de brilhantes, às distinções honoríficas, etc. Houve um doente poeta que resistiu a tudo. Simão Bacamarte começava a desesperar da cura, quando teve de mandar correr matraca para o fim de o apregoar como um rival de Garção e de Píndaro.

— Foi um santo remédio —, contava a mãe do infeliz a uma comadre —; foi um santo remédio.

Outro doente, também modesto, opôs a mesma rebeldia à medicação; mas, não sendo escritor (mal sabia

---

[1] Mais além. (N. do E.)

assinar o nome), não se lhe podia aplicar o remédio da matraca. Simão Bacamarte lembrou-se de pedir para ele o lugar de secretário da Academia dos Encobertos, estabelecida em Itaguaí. Os lugares de presidente e secretários eram de nomeação régia, por especial graça do finado rei Dom João V, e implicavam o tratamento de Excelência e o uso de uma placa de ouro no chapéu. O governo de Lisboa recusou o diploma; mas, representando o alienista que o não pedia como prêmio honorífico ou distinção legítima, e somente como um meio terapêutico para um caso difícil, o governo cedeu excepcionalmente à súplica; e ainda assim não o fez sem extraordinário esforço do ministro da marinha e ultramar, que vinha a ser primo do alienado. Foi outro santo remédio.

— Realmente, é admirável! Dizia-se nas ruas, ao ver a expressão sadia e enfunada dos dois ex-dementes.

Tal era o sistema. Imagina-se o resto. Cada beleza moral ou mental era atacada no ponto em que a perfeição parecia mais sólida, e o efeito era certo. Nem sempre era certo. Casos houve em que a qualidade predominante resistia a tudo; então, o alienista atacava outra parte, aplicando à terapêutica o método da estratégia smilitar, que toma uma fortaleza por um ponto, se por outro o não pode conseguir.

No fim de cinco meses e meio estava vazia a Casa Verde; todos curados! O vereador Galvão, tão cruelmente afligido de moderação e equidade, teve a felicidade de perder um tio; digo felicidade, porque o tio deixou um testamento ambíguo, e ele obteve uma boa interpretação corrompendo os juízes e embaçando os outros herdeiros. A sinceridade do alienista manifestou-se nesse lance;

confessou ingenuamente que não teve parte na cura: foi o simples *vis medicatrix* da natureza. Não aconteceu o mesmo com o padre Lopes. Sabendo o alienista que ele ignorava perfeitamente o hebraico e o grego, incumbiu-o de fazer uma análise crítica da versão dos Setenta;[2] o padre aceitou a incumbência, e em boa hora o fez; ao cabo de dois meses possuía um livro e a liberdade. Quanto à senhora do boticário, não ficou muito tempo na célula que lhe coube, e onde aliás lhe não faltaram carinhos.

— Por que é que o Crispim não vem visitar-me? — dizia ela todos os dias.

Respondiam-lhe ora uma coisa, ora outra; afinal disseram-lhe a verdade inteira. A digna matrona não pôde conter a indignação e a vergonha. Nas explosões da cólera escaparam-lhe expressões soltas e vagas, como estas:

— Tratante!... Velhaco!... Ingrato!... Um patife que tem feito casas à custa de unguentos falsificados e podres... Ah, tratante!...

Simão Bacamarte advertiu que, ainda quando não fosse verdadeira a acusação contida nestas palavras, bastavam elas para mostrar que a excelente senhora estava enfim restituída ao perfeito desequilíbrio das faculdades; e prontamente lhe deu alta.

Agora, se imaginais que o alienista ficou radiante ao ver sair o último hóspede da Casa Verde, mostrais com isso que ainda não conheceis o nosso homem. *Plus ultra*! era a sua divisa. Não lhe bastava ter descoberto a teoria verdadeira da loucura; não o contentava ter

---

[2] Tradução da *Bíblia* para o latim, realizada por setenta sábios. (N. do E.)

estabelecido em Itaguaí o reinado da razão. *Plus ultra*! Não ficou alegre, ficou preocupado, cogitativo; alguma coisa lhe dizia que a teoria nova tinha, em si mesma, outra e novíssima teoria.

— Vejamos — pensava ele —; vejamos se chego enfim à última verdade.

Dizia isto, passeando ao longo da vasta sala, onde fulgurava a mais rica biblioteca dos domínios ultramarinos de Sua Majestade. Um amplo chambre de damasco, preso à cintura por um cordão de seda, com borlas de ouro (presente de uma Universidade), envolvia o corpo majestoso e austero do ilustre alienista. A cabeleira cobria-lhe uma extensa e nobre calva adquirida nas cogitações quotidianas da Ciência. Os pés, não delgados e femininos, não graúdos e mariolas, mas proporcionados ao vulto, eram resguardados por um par de sapatos cujas fivelas não passavam de simples e modesto latão. Vede a diferença: só se lhe notava luxo naquilo que era de origem científica; o que propriamente vinha dele trazia a cor da moderação e da singeleza, virtudes tão ajustadas à pessoa de um sábio.

Era assim que ele ia, o grande alienista, de um cabo a outro da vasta biblioteca, metido em si mesmo, estranho a todas as coisas que não fossem o tenebroso problema da patologia cerebral. Súbito, parou. Em pé, diante de uma janela, com o cotovelo esquerdo apoiado na mão direita, aberta, e o queixo na mão esquerda, fechada, perguntou ele a si:

— Mas deveras estariam eles doidos, e foram curados por mim, ou o que pareceu cura não foi mais do que a descoberta do perfeito desequilíbrio do cérebro?

E cavando por aí abaixo, eis o resultado a que chegou: os cérebros bem organizados que ele acabava de curar eram desequilibrados como os outros. “Sim”, dizia ele consigo, “eu não posso ter a pretensão de haver-lhes incutido um sentimento ou uma faculdade nova; uma e outra coisa existiam no estado latente, mas existiam”.

Chegado a esta conclusão, o ilustre alienista teve duas sensações contrárias, uma de gozo, outra de abatimento. A de gozo foi por ver que, ao cabo de longas e pacientes investigações, constantes trabalhos, luta ingente com o povo, podia afirmar esta verdade: não havia loucos em Itaguaí; Itaguaí não possuía um só mentecapto. Mas tão depressa esta ideia lhe refrescara a alma, outra apareceu que neutralizou o primeiro efeito; foi a ideia da dúvida. Pois quê! Itaguaí não possuiria um único cérebro concertado? Esta conclusão, tão absoluta, não seria por isso mesmo errônea, e não vinha, portanto, destruir o largo e majestoso edifício da nova doutrina psicológica?

A aflição do egrégio Simão Bacamarte é definida pelos cronistas itaguaienses como uma das mais medonhas tempestades morais que têm desabado sobre o homem. Mas as tempestades só aterram os fracos; os fortes enrijam-se contra elas e fitam o trovão. Vinte minutos depois alumiou-se a fisionomia do alienista de uma suave claridade.

“Sim, há de ser isso”, pensou ele.

Isso é isto. Simão Bacamarte achou em si os característicos do perfeito equilíbrio mental e moral; pareceu-lhe que possuía a sagacidade, a paciência, a perseverança, a tolerância, a veracidade, o vigor moral, a lealdade, todas as qualidades enfim que podem formar um acabado mentecapto. Duvidou logo, é certo, e chegou mesmo a concluir que era ilusão; mas, sendo homem prudente, resolveu convocar um conselho de amigos, a quem interrogou com franqueza. A opinião foi afirmativa.

— Nenhum defeito?

— Nenhum — disse em coro a assembleia.

— Nenhum vício?

— Nada.

— Tudo perfeito?

— Tudo.

— Não, impossível — bradou o alienista. — Digo que não sinto em mim essa superioridade que acabo de ver definir com tanta magnificência. A simpatia é que vos faz falar. Estudo-me e nada acho que justifique os excessos da vossa bondade.

A assembleia insistiu; o alienista resistiu; finalmente o padre Lopes explicou tudo com este conceito digno de um observador:

— Sabe a razão por que não vê as suas elevadas qualidades, que aliás todos nós admiramos? É porque tem ainda uma qualidade que realça as outras — a modéstia.

Era decisivo. Simão Bacamarte curvou a cabeça juntamente alegre e triste, e ainda mais alegre do que triste. Ato contínuo, recolheu-se à Casa Verde. Em vão a mulher e os amigos lhe disseram que ficasse, que estava perfeitamente são e equilibrado: nem rogos nem sugestões nem lágrimas o detiveram um só instante.

— A questão é científica — dizia ele —; trata-se de uma doutrina nova, cujo primeiro exemplo sou eu. Reúno em mim mesmo a teoria e a prática.

— Simão! Simão! Meu amor! — dizia-lhe a esposa com o rosto lavado em lágrimas.

Mas o ilustre médico, com os olhos acesos da convicção científica, trancou os ouvidos à saudade da mulher, e brandamente a repeliu. Fechada a porta da Casa Verde, entregou-se ao estudo e à cura de si mesmo. Dizem os cronistas que ele morreu dali a dezessete meses, no mesmo estado em que entrou, sem ter podido alcançar nada. Alguns chegam ao ponto de conjeturar que nunca houve outro louco além dele em Itaguaí; mas esta opinião, fundada em um boato que correu desde que o alienista expirou, não tem outra prova senão o boato; e boato duvidoso, pois é atribuído ao padre Lopes, que com tanto fogo realçara as qualidades do grande homem. Seja como for, efetuou-se o enterro com muita pompa e rara solenidade.

Guia de leitura*

1. Por que a novela "O Alienista", de Machado de Assis, foi organizada em capítulos, na versão em jornal?

2. Por que "Casa Velha" (1886) poderia ser aproximada do romance *Dom Casmurro* (1899)?

3. Qual o tema predomimante da novela "O Alienista"? Como se comporta o médico Simão Bacamarte?

4. Qual a maior dificuldade enfrentada pelo casal Félix e Lalau, em "Casa Velha"?

5. Qual a estratégia empregada por Dona Antônia contra o casamento de seu filho Félix com a agregada Lalau?

---

* Para que o professor possa trabalhar o Guia de Leitura com os alunos em sala de aula, não publicamos, aqui, o gabarito das questões. No entanto, pode-se obtê-lo entrando em contato conosco pelo telefone: (11) 3672-8144. Disponibilizamos o gabarito apenas para professores.

Questões de vestibular

(PUC-RJ) Texto para as questões de 1 a 3:

"As crônicas da vila de Itaguaí dizem que em tempos remotos vivera ali um certo médico, o Dr. Simão Bacamarte, filho da nobreza da terra e o maior dos médicos do Brasil, de Portugal e das Espanhas. Estudara em Coimbra e Pádua. Aos trinta e quatro anos regressou ao Brasil, não podendo el-rei alcançar dele que ficasse em Coimbra, regendo a universidade, ou em Lisboa, expedindo os negócios da monarquia.

— A ciência — disse ele a Sua Majestade — é o meu emprego único; Itaguaí é o meu universo.

Dito isso, meteu-se em Itaguaí, e entregou-se de corpo e alma ao estudo da ciência, alternando as curas com as leituras, e demonstrando os teoremas com cataplasmas. Aos quarenta anos casou com D. Evarista da Costa e Mascarenhas, senhora de vinte e cinco anos, viúva de um juiz de fora, e não bonita nem simpática. Um dos tios dele, caçador de pacas perante o Eterno, e não menos franco, admirou-se de semelhante escolha e disse-lho. Simão Bacamarte explicou-lhe que D. Evarista reunia condições fisiológicas e anatômicas de primeira ordem, digeria com facilidade, dormia regularmente, tinha bom pulso, e excelente vista; estava assim apta para dar-lhe filhos robustos, sãos e inteligentes. Se além dessas prendas, — únicas dignas da preocupação de um sábio, D. Evarista era mal composta de feições, longe de lastimá-lo, agradecia-o a Deus, porquanto não corria o risco de preterir os interesses da ciência na contemplação exclusiva, miúda e vulgar da consorte.

D. Evarista mentiu às esperanças do Dr. Bacamarte, não lhe deu filhos robustos nem mofinos. A índole natural da ciência é a longanimidade; o nosso médico esperou três anos, depois quatro, depois cinco. Ao cabo desse tempo fez um estudo profundo da matéria, releu todos os escritores árabes e outros, que trouxera para Itaguaí, enviou consultas às universidades italianas e alemãs, e acabou por aconselhar à mulher um regímen alimentício especial. A ilustre dama, nutrida exclusivamente com a bela carne de porco de Itaguaí, não atendeu às admoestações do esposo; e à sua resistência, — explicável, mas inqualificável, — devemos a total extinção da dinastia dos Bacamartes.

Mas a ciência tem o inefável dom de curar todas as mágoas; o nosso médico mergulhou inteiramente no estudo e na prática da medicina. Foi então que um dos recantos desta lhe chamou especialmente a atenção, – o recanto psíquico, o exame de patologia cerebral. Não havia na colônia, e ainda no reino, uma só autoridade em semelhante matéria, mal explorada, ou quase inexplorada. Simão Bacamarte compreendeu que a ciência lusitana, e particularmente a brasileira, podia cobrir-se de 'louros imarcescíveis', — expressão usada por ele mesmo, mas em um arroubo de intimidade doméstica; exteriormente era modesto, segundo convém aos sabedores."

1. "O Alienista", publicado entre outubro de 1881 e março de 1882, é considerado um dos mais importantes textos de Machado de Assis. A partir da trajetória de Simão Bacamarte, protagonista da estória, Machado constrói um painel da sociedade brasileira de seu tempo, com seus valores, problemas e impasses. Tomando por base o fragmento selecionado, assinale a opção que melhor exprime a intenção do autor:

a) Valorização da ciência como caminho preferencial para a superação do atraso intelectual do país.

b) Ironia em relação aos critérios utilizados por Simão Bacamarte na escolha de D. Evarista como sua esposa e genitora de seus filhos.

c) Apoio aos postulados do pensamento positivista e da ideologia do progresso defendidos por Simão Bacamarte.

d) Crítica aos hábitos culturais da vila de Itaguaí, em especial à alimentação, fator que contribuía para a dificuldade de D. Evarista em engravidar.

e) Exaltação do papel do médico como referência de desenvolvimento de uma sociedade.

2. Em relação ao foco narrativo, podemos afirmar que:

a) a narrativa é constantemente interrompida pelos comentários de Simão, o que faz dele o narrador da estória.

b) alternam-se, no trecho, narradores de primeira e terceira pessoas, prática comum na ficção realista.

c) o narrador é de primeira pessoa, onisciente.

d) o narrador constrói a sua narrativa a partir da leitura dos cronistas de Itaguaí, problematizando a noção de origem e a veracidade dos fatos narrados.

e) os cronistas da vila de Itaguaí são os verdadeiros narradores da estória, como pode ser percebido no início do texto.

3. O texto nos permite afirmar que:

a) Evarista recusava-se sistematicamente a submeter-se aos tratamentos de fertilidade propostos pelo marido.

b) Evarista não se empenhava no projeto de ter filhos, pois temia que o marido passasse a dedicar somente ao filho o pouco tempo livre de que dispunha.

c) Evarista negou-se a fazer uma dieta alimentícia especial, à base de carne de porco.

d) a devoção ao trabalho ajudou Bacamarte a esquecer um projeto frustrado em sua vida.

e) o tio de Simão Bacamarte admirou-se de o sobrinho ter escolhido como esposa a viúva de um juiz de fora.

4. (FMU) Numere a segunda coluna de acordo com a primeira.

(1) Eça de Queirós
(2) João Cabral de Melo Neto
(3) Jorge Amado
(4) Lima Barreto
(5) Machado de Assis

( ) Explora problemas sociais e políticos da zona urbana de Salvador, fixando tipos humanos, que são identificados pelo comportamento, pela classe social, e que só podem ser felizes na medida exata de seu marginalismo.

( ) Ironiza os escritores que utilizavam uma linguagem pomposa, como também os leitores que se deixavam impressionar por esta linguagem, propondo uma literatura mais próxima do leitor brasileiro

( ) Aborda temática variada como a família, a vida pessoal, a terra natal, a visão da existência, os amigos, negando, sempre, a fuga da realidade.

( ) O ato de escrever para ele constitui um trabalho de depuração da linguagem. Combate o sentimentalismo através de uma postura racional, calculada, e ressalta uma figura histórica que é o teórico da Confederação do Equador.

( ) Sua narrativa aborda problemas advindos dos valores da família oligárquica da sociedade brasileira do século XIX.

( ) Apresenta um painel da sociedade lisboeta em que aparecem, de forma objetiva, questões ligadas ao adultério e às formas de melhor resolvê-lo.

A sequência obtida é:

a) 5, 3, 1, 2, 4.
b) 3, 4, 1, 5, 2.
c) 3, 5, 2, 1, 4.
d) 3, 4, 2, 5, 1.
e) 2, 4, 5, 3, 1.

5. (ITA) Assinale a proposição *incorreta*.

a) O Concretismo fez do espaço um elemento expressivo.

b) No Modernismo havia ingrediente nacionalista.

c) No Realismo não há preocupação com o social.

d) O Romantismo se caracteriza pelo desejo de libertação.

e) o Barroco tem exagerada preocupação formal.

Gabarito

1. b
2. d
3. d
4. d
5. c

DIREÇÃO
Martin Claret

PRODUÇÃO EDITORIAL
Carolina Marani Lima
Giovana Quadrotti

CAPA
Luyse Costa

REVISÃO
Waldir Moraes

IMPRESSÃO E ACABAMENTO
Bartira Gráfica

Dados Internacionais de Catalogação na Publicação (CIP)
(Câmara Brasileira do Livro, SP, Brasil)

Assis, Machado de, 1839-1908.
Casa Velha: O Alienista / Machado de Assis. — São Paulo:
Martin Claret, 2025.

I. Ficção brasileiro I. Título

ISBN 978-65-5910-315-7

25-254170 CDD-B869.3

Índices para catálogo sistemático:

1. Ficção: Literatura brasileira B869.3
Aline Graziele Benitez – Bibliotecária – CRB-1/3129

EDITORA MARTIN CLARET LTDA.
Rua Alegrete, 62 – Bairro Sumaré – CEP: 01254-010 – São Paulo, SP
Tel.: (11) 3672-8144 – www.martinclaret.com.br
Impresso – 2025